ПРИНАДЛЕЖАЩАЯ ПАРТНЕРАМ

ПРОГРАММА «МЕЖЗВЕЗДНЫЕ НЕВЕСТЫ» ®:
КНИГА 4

ГРЕЙС ГУДВИН

GRACE GOODWIN

Принадлежащая Партнерам
Авторское право принадлежит 2020
Грейс Гудвин

Все права защищены. Никакая часть данной книги не может быть воспроизведена или передана в какой бы то ни было форме или какими бы то ни было средствами — графическими, электронными или механическими, включая фотокопирование, запись на любой носитель, в том числе магнитную ленту, но не ограничиваясь ими, — или сохранена в информационно-поисковой системе, а также передана или переправлена без предварительного письменного разрешения владельца авторских прав.

Опубликовано Грейс Гудвин в KSA Publishing Consultants, Inc.

Гудвин, Грейс
Принадлежащая Партнерам

Дизайн обложки от KSA Publishing Consultants, Inc. 2020
Изображения/фото предоставлены: Deposit Photos: nazarov.dnepr, magann

Примечание издателя:
Эта книга предназначена *только для взрослой аудитории*. Порка и другие действия сексуального характера, описанные в этой книге, являются исключительно фантазиями, предназначенными для взрослых, и не поддерживаются и не поощряются автором или издателем.

1

Лея

Я пыталась бороться со своими чувствами. Я действительно пыталась, но ощущать член внутри меня было так приятно. Я даже пыталась бороться с *ним*, но все это закончилось только кожаными наручниками на моих запястьях. Я стояла на четвереньках, а мое тело было прижато к странному столу с мягкой обивкой. Наручники на моих руках были прикреплены к кольцам, приделанным так низко, что я не могла пошевелиться. Я дернула наручники раз, еще раз, но все бесполезно. Мой зад был высоко задран, и я ощущала член моего партнера глубоко во мне. Я будто бы была привязана к странной деревянной лошади, пока кто-то *скакал на мне верхом*. Я была полностью в его власти, и мне оставалось только поддаваться силе его тела, пока он присваивал мое.

Его член может и был частью него, сделан из плоти и крови,—хоть и очень твердый и большой,—но он обращался с ним, как с оружием, созданным, чтобы подчинить меня. Как только он наполнит меня своим семенем, как только оно покроет мои внутренние стенки, наполнит мое чрево, пути назад не будет. Я буду вожделеть его прикосновений и вкуса его семени. Мне будет *необходимо*, чтобы он наполнил меня, взял меня, навсегда присвоил мое тело. Теперь, когда он умело растягивал меня, когда моя обнаженная задница горела от ударов его руки, и моя киска пылала от умелых прикосновений его языка, я больше не хотела сопротивляться.

Раньше я испытывала страх. Теперь я просто жаждала Умирала от желания.

Он не был жесток—вообще-то, наоборот. Пока член моего партнера двигался внутри меня, полностью наполняя меня, а затем отступая, снова и снова, страх покинул меня. Теперь я была его. Он будет владеть мной, моим телом и душой, но он силен, настоящий воин. Он будет защищать меня. И трахать меня. Он будет держать меня в узде своей твердой рукой, но вместе с тем он будет приносить мне удовольствие, даст мне защиту и дом. Эти мысли наполняли мою голову, пока этот могучий мужчина делал меня своей навеки; его член овладевал моим телом снова и снова, а я открывалась ему.

Его большие руки плавно скользнули по моей спине, а потом он нагнулся, накрыв меня жаром своей воинственной силы, и обхватил пальцами упоры на ножках стола рядом с моими прикованными руками.

Чем дольше он брал меня, тем сильнее белели от напряжения костяшки его пальцев.

Его гладкая грудь лежала на моей спине, прижимая меня к скамье, и это добавляло к ощущению, что я нахожусь в ловушке. Я не могла даже избежать его хриплого дыхания и звуков наслаждения, которые срывались с его губ, поскольку они раздавались прямо у меня над ухом.

– Чувствуешь это? – прорычал он, сдвигая бедра и ударяя мое чрево твердым кончиком члена. Он искусно скользил по секретным, чувствительным местам внутри меня, отчего мое тело сотрясалось, голова пустела, и я полностью повиновалась. Никто другой не мог заставить меня ощутить все это. Никто другой никогда не доводил мое тело до грани такого божественного наслаждения.

Так как мое тело было перекинуто через скамью, моя грудь свисала, и я страстно желала, чтобы к ней притронулись. Мой клитор набух, и если он даже слегка прикоснется к нему кончиком пальца, я кончу. Но пока он не позволит мне кончить. Не позволит, пока я не сломаюсь, не начну умолять его.

– Да, – выдохнула я, не сумев сдержаться. Я слышала влажные звуки, – явный признак моего возбуждения, – наполняющие комнату.

– Ты боялась моего члена, но он приносит только наслаждение. Я говорил тебе, что подойду, нам будет превосходно вместе, – сказал он, продолжая трахать меня.

Откуда он мог знать мое тело так хорошо, если это был наш первый раз? Раньше я никогда не кончала от члена, только теребя свой клитор в постели, когда была одна. Но теперь это интимное действо будет мне запрещено. Мой партнер настоял на том, что теперь я не смогу больше кончать без его разрешения. Если я нарушу это правило, меня будут шлепать долго и сильно. Теперь, когда я принадлежу ему, я смогу кончать только по его воле, от его языка, его рук, его огромного члена... или не кончать совсем.

–Твое наслаждение принадлежит мне.

–Да,–ответила я.

–Я чувствую, как ты сжимаешь меня.

–Да,–вскрикнула я, снова стискивая его.

Это было единственное, что я могла произнести, потому что была больше не в силах себя контролировать. Я была полностью в его власти и хотела делать именно то, что он приказывал мне.

–Ты не кончишь, пока я не разрешу.

Он поднял руки, чтобы погладить мою грудь, сначала мягко, а затем потянул и ущипнул так, что я заскулила, пока он входил в меня сильно, быстро и глубоко. Он причинял мне боль вместе с наслаждением, и мне это нравилось.

–Ты принадлежишь мне. Твоя киска принадлежит мне.

–Да,–повторяла я, снова и снова.

Он объезжал меня, трахал, наполнял меня, брал без остановки. Присваивал меня. Я поднималась все выше и выше, пока не начала мотать головой взад и вперед, изо всех сил сжимая ручки стола. Я была так охвачена отчаянием, что казалось, мое сердце готово взорваться в груди. Я не могла дышать. Не могла думать. Не могла сопротивляться. Я готова была кончить... почти. Рука партнера заскользила по моему бедру, странствуя по мягким изгибам, пока не достигла клитора. Он провел пальцем по краю, и из моей глотки вырвался крик животного в агонии, безумного и потерянного. Для меня ничего не существовало, кроме его тела, его голоса, его дыхания, его прикосновений.

–Кончи сейчас,–скомандовал он; его член был как поршень, пальцы на моем клиторе жесткие и беспощадные.

Глубоко внутри меня разразился оргазм, ведь у меня не было другого выхода. Я не могла сопротивляться. Я больше не владела собой, я была его. Я закричала, охваченная наслаждением; мое тело сжималось и расслаблялось вокруг его члена, затягивая его еще глубже, удерживая его внутри меня. Как будто мое тело страстно желало получить его жизненную силу, жаждало ее.

Моя разрядка породила его оргазм, и я почувствовала, как его член набух, стал толще и еще больше, а потом он зарычал мне на ухо, и горячие пульсации его семени наполнили меня. Мое тело с жадностью всасывало из его члена жизненную силу, забирая ее глубоко в себя.

Как он и пообещал, что-то в его семени произвело физическую реакцию на мое тело, заставив меня кончить второй раз.

–Да, любовь моя. Да, забери каждую каплю. Твое тело меняется. Оно узнает меня. Оно должно иметь меня. Ты будешь молить о моем члене; ты будешь жаждать моего семени. Ты будешь нуждаться в нем, будешь любить его так же, как я нуждаюсь в тебе и люблю тебя.

–Да!–вскрикнула я снова, зная, что его слова были правдой.

Горячий поток удовольствия разлился от моей киски по всему телу. Он был прав: теперь, когда я ощутила его силу, ощутила то, что он может мне дать, я была его рабыней. Я была рабыней его члена.

–Мисс Адамс?

–Да,–повторила я, и мой сон слился с реальностью.

–Мисс Адамс, ваше тестирование окончено.

Я покачала головой. Нет. Я была привязана к долбаному столу, меня трахали и наполняли семенем. Я хотела остаться там. Я хотела... еще.

–Мисс Адамс!

В этот раз голос прозвучал строго и громко. Я заставила себя открыть глаза.

–Боже мой,–я втянула в себя воздух, пытаясь восстановить дыхание, пока моя киска все еще сжималась и пульсировала после моих оргазмов.

Я не была привязана к долбаному столу. К моей спине не прижималось крепкое мужское тело. Я находилась в центре обработки Программы межзвездных невест, одетая в халат для медосмотра. Мои запястья были прикреплены к краям неудобного откидного кресла, как в кабинете дантиста. Это была последняя стадия подготовки к отправке на другую планету. Когда на мне закрепляли проводки и сенсоры, я и подумать не могла, что увижу эротический сон. Я все еще чувствовала его последствия. Моя киска была влажной, и задняя часть моего колючего медицинского халата промокла. Соски были твердыми, а руки сжаты в кулаки. Я чувствовала себя вымотанной и использованной. Я чувствовала себя целой.

—Как я и сказала, ваше тестирование окончено.

Передо мной стояла Страж Эгара. Это была строгая молодая женщина с темно-каштановыми волосами, которая с необыкновенным вниманием относилась к каждой детали процесса подбора. Она бросила взгляд на планшет, пробегая по нему пальцами.

—Ваша пара подобрана.

Я облизала свои сухие губы, стараясь замедлить бешеный стук сердца. Мурашки пробежали по моей потной коже.

—Этот сон... он был настоящий?

—Это был не сон,—ответила она само-собой разумеющимся тоном.—Мы используем записи сенсорных данных предыдущих невест для помощи при процессе отбора.

—Что? Записанные данные?

—Нейропроцессорный блок, или НПБ, будет вживлен в ваш череп, прежде чем вы покинете Землю. С его помощью вы сможете понимать язык, он поможет адаптироваться в вашем новом мире,—тут она ухмыльнулась, и ее улыбка была одновременно и пугающей, и лукавой.—НПБ запрограммирован на запись вашего спаривания с последующей отправкой данных обратно в систему.

—Вы собираетесь записывать меня с моим новым партнером?

—Да. Это необходимо по протоколу отбора. Все церемонии присвоения просматриваются, чтобы убедиться, что наши невесты распределены правильно и находятся в безопасности.

Она опустила планшет, и я обратила внимание на

накрахмаленные воротник и юбку ее униформы. Ни единой складочки на ткани, ни одного волоска, выбившегося из прически. Она выглядела почти как робот. Но огонь в ее глазах выдавал пыл и увлеченность своей работой. Преданность программе наглядно проявилась в ее следующих словах.

–Мы делаем все, чтобы наши воины получали достойных невест. Они служат нам всем, защищают Землю и всех обитателей планет Коалиции от верной гибели. Система использует реакции вашего тела, чтобы прозондировать ваше подсознание, ваши самые темные фантазии, самые заветные желания. Программа подбора быстро отбрасывает то, что вам не интересно. Входная сенсорная информация отфильтровывалась до тех пор, пока мы не нашли воина с идеально подходящей вам планеты.

Это была моя пара? Конечно же нет.

–Я не могу быть в паре с мужчиной, который связывает меня. Это не то, чего я хотела, когда вызвалась добровольцем.

Ее темные брови взметнулись вверх.

–По всей видимости, мисс Адамс, это именно то, чего вы желаете. Тест выявляет правду, даже если ваш мозг ее отрицает.

Я задумалась над ее словами, а она с планшетом в руках обошла вокруг и села напротив меня. Ее накрахмаленная униформа Программы межзвездных невест соответствовала ее прохладной манере поведения.

–Вы необычный случай, мисс Адамс. У нас уже были добровольцы, но ни одного с таким же мотивом, как у вас.

Я кинула быстрый взгляд на закрытую дверь, испугавшись, что, возможно, она позвонила моему жениху и послала за ним. Настоящая паника заставила меня дернуть ограничители.

–Не беспокойтесь,–сказала она и подняла руку, чтобы остановить меня.–Вы в безопасности здесь. Хоть вы и утверждаете, что синяки на вашем теле появились из-за падения, я посчитала необходимым принять меры, чтобы никому не разрешалось видеться с вами до тех пор, пока я не отправлю вас с планеты.

Очевидно, Страж Эгара не поверила в мою дурацкую историю, и меня успокоило то, что она старается защитить меня. Я никогда в своей жизни не каталась на лыжах. Я даже не живу рядом с горами, но мне требовалось разумное объяснение для синяков на теле, и это было первое, что пришло мне в голову.

Я предполагала, что скрыть синяки не получится, но у меня и мысли не было, что я буду проходить медицинские тесты полностью голой, а после на меня наденут больничный халат и проведут скрининг с совершенно неуместными картинками и видеоклипами. Я, должно быть, заснула, не могла же я сама вообразить что-то подобное.

–Спасибо,–ответила я.

Я не привыкла, чтобы люди были добры ко мне. Она молчала, как будто хотела, чтобы я рассказала ей правду. Хочу ли я делиться тем, что знала теперь о своем женихе? Он был так добр со мной, сражал меня наповал, пока я не узнала правду. Я подслушала, как он приказал одному из своих людей убить человека, который сорвал какую-то его сделку по недвижимости. Я думала, что люди, которых он держал при себе, были служащими, телохранителями, но они были головорезами, которых он использовал, чтобы запугивать и убивать людей.

Когда я согласилась выйти за него замуж, он приставил ко мне двух мужчин в качестве моих персональных *телохранителей*. Даже тогда я поверила, что причиной этому было его богатство и то, что я нуждалась в дополнительной защите. Я думала, что он чуткий и внимательный, заботится обо мне. Ха! Я была такой *глупой*. Еще глупее было сказать ему, что я сомневаюсь насчет свадьбы. Он взбесился, схватил меня и сказал, что никогда не отпустит. Никогда.

Когда я пригрозила уйти, он тихо и горячо объяснил, что владеет мной. Я стала его собственностью, как только надела обручальное кольцо на палец. Он убьет любого мужчину, которого я поцелую, замучает любого, кто прикоснется ко мне, и после накажет меня за принесенные неудобства.

Тогда я поняла, что нужно бежать, но мне необходимо было найти способ улизнуть. Я поехала в торговый центр на своей машине, как если бы это был обычный день. Охранники, которые приглядывали за мной, всегда парковались рядом с моей машиной, ходили за мной по торговому центру, но позволяли мне заглядывать в магазины одной. На всякий случай я сразу свернула в отдел нижнего белья, где, как я знала, они обычно отставали, а затем, петляя, прошла через несколько других магазинов и бросила свой мобильный телефон между двумя стойками с одеждой. Я поспешила на автобусную остановку и села в автобус, который идет через весь город. Оттуда я взяла такси и направилась в центр обработки Программы межзвездных невест.

У меня нет семьи, друзей не осталось. Когда мы начали встречаться, он систематически убирал из моей жизни всех, кто был мне дорог до встречи с ним. Одну за другой он предлагал причины, почему тот или иной человек больше мне не подходил, был неудовлетворительным контактом. Теперь я была совершенно одна во всем мире, полностью в его власти. Он даже убедил меня бросить работу, так что у меня не было собственных денег.

Господи, даже инопланетянин будет лучше, чем этот психованный, ревнивый мужчина, собственник, чья идея наказания включает в себя бокс со мной в качестве груши для битья. Я пережила это один раз. Больше никогда. Возможно, я и была глупой, наивной, даже по уши влюбленной, но больше нет.

Я оглядывалась всю дорогу до центра обработки, боясь, что они выследят меня и остановят, прежде чем я смогу зайти в здание. Оказавшись внутри, я почувствовала себя спокойнее, но я не буду полностью вне досягаемости, пока не покину планету. Только тогда я смогу спокойно вздохнуть, уверенная в том, что мой жених никогда меня не найдет.

Я слышала о Программе межзвездных невест уже больше года и знала, что большинство участвовавших в ней женщин были заключенными, выбравшими Программу в качестве альтернативы длительному тюремному заключению. Некоторые, как я узнала, были добровольцами, но вернуться не мог никто. Как только женщине подбирали в пару инопланетного воина и отправляли ее в космос к супругу, она больше не являлась гражданкой Земли и не могла вернуться назад. Сначала это звучало страшно и нелепо. Кто *добровольно* покинет Землю? Насколько плохой должна быть их жизнь, чтобы решиться на это? Теперь я знала. Жизнь женщины может стать очень, *очень* плохой.

Мне нужно было оказаться как можно дальше от моего жениха, и я волновалась, что на Земле не найдется достаточно далекого места. Он найдет меня, и тогда...

Я думала, что он станет моей семьей. *Семьей*. А он выбрал меня в жены, потому что семьи у меня не было. У меня не было связей, не было никого, кто мог бы меня защитить, удержать от брака с этим мерзавцем. Он никогда не станет моей семьей. Никто на Земле не любил меня. В качестве добровольца Программы межзвездных невест я была рада узнать, что не смогу вернуться назад. Я больше не хотела жить на Земле. Не хотела до конца жизни бояться, что он выследит меня. И поэтому я улечу с нашей планеты в единственное место, где он никогда не сможет меня найти, никогда меня не достанет.

И вот я здесь, сижу в больничном халате под пристальным взглядом Стража.

– У вас есть вопросы?

Я снова облизала губы.

– Этот партнер... откуда мне знать, что он будет... добрым?

Несмотря на то, что я прошла так много тестов на соответствие, единственное, что меня волновало, это чтобы он был добрым. Я не хочу быть в паре с мужчиной, который будет меня бить. Если бы я хотела этого, я могла бы просто остаться здесь, на Земле, и выйти замуж за этого козла.

–Добрым? Мисс Адамс, я полагаю, что понимаю всю глубину вашего беспокойства, но ваш партнер прошел те же тесты, что и вы. Более того, воины проходят более углубленные тесты, чем наши невесты. Вам не стоит бояться вашего партнера, поскольку ваше и его подсознание определяет выбор пары. Ваши нужды и желания дополняют друг друга. Однако вы должны помнить, что на другой планете другие обычаи. Другая культура. Вы должны будете приспособиться к этому, отвергнуть ваши земные суждения и устаревшие представления. Вам нужно избавиться от вашего страха перед мужчинами. Оставьте все это здесь, на Земле.

Ее слова были мудрыми, но сделать это не так-то просто. Я буду осторожной еще долгое время, я уверена.

–Куда меня направят?

–На Викен.

Я нахмурилась.

–Я никогда не слышала о такой планете.

–Хмм,–ответила она, посмотрев на свой планшет.– Вы первая с Земли, кому мы нашли пару там. Сон, который вы видели, принадлежал женщине с другой планеты, которой подобрали партнера на Викене. Как вы видели, он был внимательным, но в то же время педантичным любовником.

Я покраснела от одного воспоминания.

–Судя по тестам, я думаю, что вы будете очень довольны вашим супругом.

–А если нет?

Что, если она ошибается, и он злой? Может он и владеет своим членом, как настоящая порно-звезда, но вдруг он хочет, чтобы я была для него простой рабыней? Что, если он будет бить меня так же, как мой жених?

—У вас есть тридцать дней, чтобы передумать,—ответила она.—Запомните, вам подобрали не только мужчину, но и планету. Если за тридцать дней вы поймете, что ваша пара вам не подходит, вы сможете запросить себе другого воина, но останетесь на Викене.

Это казалось разумным. Я вздохнула, расслабившись от осознания того, что в итоге сама могу сделать выбор—и меня не отправят обратно на Землю.

—Вы удовлетворены?—спросила она.—У вас есть еще какие-нибудь вопросы? Есть ли какие-либо причины отложить вашу транспортировку?

Она посмотрела на меня, словно предлагая последнюю возможность. Возможность, которой я не воспользуюсь.

—Нет. Причин откладывать транспортировку нет.

Она кивнула.

—Очень хорошо. Для протокола, мисс Адамс, вы замужем?

—Нет.

Если бы я не сбежала, то была бы замужем. Через две недели.

—У вас есть дети?

—Нет.

—Хорошо,—она снова провела по экрану.—Вас определили на планету Викен. Вы согласны?

—Да,—ответила я.

Если этот мужчина не злой, я готова сбежать куда угодно.

—В связи с вашим утвердительным ответом, вы были официально определены в пару и лишаетесь своего гражданства на Земле. С этого момента и навсегда вы становитесь викенской невестой,—она посмотрела на свой экран, провела по нему пальцем.— По обычаям Викена, перед транспортировкой вашему телу потребуются некоторые изменения.

Страж Эгара встала и обошла меня.

—Изменения?

Что это значит? Что она собирается сделать?

Она нажала кнопку на стене над моей головой, и стена раздвинулась. Посмотрев через плечо, я увидела только мягкое синее свечение. А вот появившийся из стены длинный рычаг с прикрепленной к нему иглой я никак не могла не заметить.

—Что это?

—Не нужно бояться. Мы просто вживляем ваш НПБ, который необходим всем невестам. Замрите. Это займет всего несколько секунд.

Механическая рука приблизилась ко мне и ткнула мне в шею. Я вздрогнула от неожиданности, но на самом деле мне не было больно. Вообще-то, у меня ничего не болело. Когда кресло задом двинулось в помещение с синим светом, я уже была расслабленной, спокойной и сонной.

—Вам больше нечего бояться, мисс Адамс.

Пока кресло погружалось в теплую ванну, она добавила:

—Ваша обработка начнется через три... два... один.

2

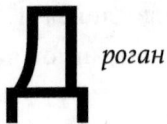роган

—Мы прожили врозь почти тридцать лет. Я не вижу необходимости в том, чтобы мы воссоединились сейчас.

Я скрестил руки на груди, глядя через всю комнату на двух мужчин, которые выглядели в точности как я. На моих братьев. У одного волосы были длинные, ниже плеч, у другого очень коротко остриженные, и у него был шрам через правую бровь, но в остальном я как будто смотрел в зеркало. Я знал всю свою жизнь, что у был одним из тройняшек, знал, что мы были разлучены в младенчестве. Даже знал причину этого.

—Войны между секторами начались, когда вы были младенцами. После смерти ваших родителей было решено вас разлучить. Каждый из вас был послан править одним из трех секторов, чтобы установить баланс силы вашей королевской крови и закончить войну.

Регент Бард посмотрел на нас. Он был маленьким и хрупким, но очень могущественным. Мы могли бы легко убить его голыми руками, но знали, что его смерть не изменит хода событий. Я понимал это, поэтому кровопролитие было бесполезно. Поскольку он все еще дышал, мои братья, должно быть, пришли к такому же выводу. Но никому из нас это не нравилось.

Рядом с регентом стоял его помощник, Гиндар. Регент всего лишь представил его нам, но, судя по всему, он должен был только молчать и выполнять приказы. Это был не молодой оруженосец, неопытный и энергичный, а пожилой человек серьезного и спокойного нрава. Он был неприметным, что делало его очень подходящим для своей работы. Мои шпионы держали меня в курсе дел регента, и Гиндар играл важную роль посредника и переговорщика и тихо заключал соглашения за закрытыми дверями, в то время как регент Бард поддерживал свой образ для публики.

–Мы не нуждаемся в уроке истории, регент. Мы все знаем, что стали причиной заключения договора и завершения войны, –сказал Тор.

Было странно слышать, как мой собственный голос исходит от кого-то другого. Длинные волосы Тора и его толстая куртка свидетельствовали о том, что он жил в холодном Первом секторе. Я, конечно, никогда там не был и не собирался терпеть холодную погоду.

–Вам повезло, что мы тройняшки, не так ли, регент?–добавил Лев.

Он подошел к стулу с высокой спинкой; из-за своих

коротких волос и свирепого хмурого взгляда он почему-то казался холоднее, чем Тор, но я знал, что это заблуждение. Оба моих брата были закаленными воинами, которые правили своими секторами так же, как я своим. Тот факт, что они пережили эти три десятилетия, свидетельствовал об их силе и интеллекте.

Я мог видеть сходство между мной и Левом. Я тоже обычно сидел, ссутулившись и вытянув перед собой длинные ноги. Я увидел, как Лев выгнул бровь, и, если не считать шрама, мне показалось, что я смотрюсь в зеркало. Он также разделял мое отвращение и незаинтересованность в политических маневрах и интригах. Ни один из братьев не наслаждался этой встречей, так же как и я. Это было неудобство, которое мы все должны были терпеть.

Старик кивнул.

–Полагаю, судьба распорядилась так, что ваше рождение принесло Викену мир.

Прежде чем заговорить, я взглянул на одного брата, потом на другого.

–И все же для *нас* нет мира и покоя. *Мы* должны жениться на женщине с другой планеты. *Мы* должны оставить наши дома, наши народы, чтобы жить здесь, жить вместе и *делить* невесту? Вы требуете этого после того, как мы прожили всю нашу жизнь в разных секторах.

–Может, мы и родились братьями, регент, но теперь мы враги,–добавил Тор.

Я кивнул, Лев тоже. У меня не было ни малейшего желания прыгнуть через комнату и убить своих братьев, но я был предан жителям своего сектора, так же как мои братья–жителям своих родных секторов.

Мы родились братьями по крови, но верность каждого принадлежала его дому. Тем, кем мы правили. Тем, кто нуждался в нашей защите и поддержке.

–Враги?–усомнился регент Бард.–Нет. Братья. Близнецы с идентичной ДНК, которые теперь присвоят одну женщину и оплодотворят ее.

–Значит, вам нужны не мы.

Лев сплел пальцы. Хотя он выглядел расслабленным, я знал, что это не так. Откуда я это знал, я не мог понять, но чувствовал в этих двух мужчинах то, чего не чувствовал в других. Было ли это потому, что мы были близнецами, или была еще какая-то причина для связи между нами?

–Вам нужен ребенок, которого мы произведем на свет.

Старик не стал спорить.

–Да. Этот ребенок снова объединит три сектора, станет правителем всех трех. В равной степени. Объединенных. Викен снова объединится под властью единого правителя. Войны закончатся раз и навсегда.

–Я, например, не желаю невесты с чужой планеты. Если ваша цель–единство, мы должны потребовать себе пару с Викена,–сказал Тор, прислонившись к стене комнаты.

Мы находились на Едином Викене, маленьком острове с несколькими правительственными зданиями. Это было место, куда прибывали все межзвездные гости, где происходили все официальные встречи между секторами. Гигантское белое центральное здание с крутыми башенками и статуями, посвященными всем трем секторам,–стрелой, мечом и щитом,–было единственным местом, считавшимся нейтральной территорией для всех трех секторов.

Оружие оставлялось на границе. Это было безопасное место, мирная зона, где можно было разрядить напряженность.

Хотя война закончилась десятилетия назад, вражда оставалась глубокой. Культуры различались. Я не любил своих братьев просто из принципа. Я ничего не знал о них, кроме того, как они выглядели. Наши тела были идентичны, поэтому я знал, что член Тора наклонен влево, а у Лева на спине родимое пятно. В остальном мы были продуктом наших народов, наших секторов.

–Ни одна из живущих женщин Викена не может быть по-настоящему нейтральной.

Он посмотрел на каждого из нас.

–Вы бы взяли себе пару из другого сектора?

Мы покачали головами. Невозможно было сойтись с женщиной из другого сектора. Она будет ненавидеть меня, а я буду *терпеть* ее. Это был неподходящий способ найти пару, и мы все это знали. Связь между партнерами должна быть сильной, мощной. Она была мощнее, чем все остальное на Викене.

–Следовательно, вам подобрали женщину с другой планеты. Женщину с Земли.

–Кому из нас?–спросил я.–Все трое не нужны для этого. Несомненно, один из моих братьев знает достаточно о женщинах, чтобы оплодотворить ее.

Братья не стали спорить. Если они хоть чем-то похожи на меня, оплодотворить женщину не будет для них трудностью или проблемой.

–Одного недостаточно.

Клянусь, Регент Бард выдержал эффектную паузу.

–Вы все должны осеменить ее. И это должно быть сделано с разницей в несколько минут. Вы все должны иметь равные шансы зачать ребенка.

Мы посмотрели друг на друга, но ничего не сказали. Однако я знал, о чем они думали. Я не *слышал* их слов, но все равно знал, что они будут такие же.

–Я не буду делиться, регент. Я возьму невесту, если вы настаиваете, но не буду делить ее.

–Тогда будет война.

При этих словах регента Лев переменил позу, а Тор нахмурился еще сильнее.

–Вы трое–последние представители королевской крови. Вся планета признает ваши права на трон Викена. Вы должны присвоить невесту вместе. Вы должны преодолеть свои разногласия и привести свой народ к новой эпохе мира. Мы должны прекратить сражаться друг с другом и сосредоточиться на межзвездных боевых группах. Мы больше не вольны драться друг с другом, как дети. Внешний враг приближается, а наши воины не записываются в добровольцы. Вместо этого они остаются дома и совершают набеги друг на друга, как избалованные дети.

Регент глубоко вздохнул; эту его тираду я слышал много раз. Судя по выражению лиц моих братьев, слова регента для них тоже не были новостью.

–Вы трое абсолютно идентичны. Ваше семя идентично, поэтому любой ребенок от вашего брака будет представлять вас троих, все три сектора.

–Значит, нам не обязательно делать это вместе,–

сказал я.–Пусть любой из них возьмет себе эту женщину.

Я кивнул в направлении моих братьев.

Лишь бы только женщина досталась не мне. Я не нуждался в ней. Викенцы дорожили своими женщинами и детьми, но, поскольку мне не нужно было беспокоиться о том, чтобы угодить женщине или приручить ее, жизнь была намного проще. Когда я хотел женщину в своей постели, я брал ее. Когда мне было достаточно, она возвращалась к своей жизни, а я–к своей. У меня не было совершенно никакой необходимости оплодотворять женщину. Дети означали преданность и семью, которой я не хотел. Судя по всему, наши родители любили друг друга, но посмотрите, к чему это привело. К смерти. У меня не было нужды приглашать женщину на Викен, чтобы ее здесь убили по политическим причинам.

–Мне не нужна пара,–сказал Тор.–Он может забрать ее.

Он указал на Лева.

–Я? Мне не нужна пара.

Регент был так чертовски спокоен, так полон решимости привести планету в порядок перед своей смертью. Он *был* стар и слаб. В отличие от нас троих, он еще застал мирный Викен.

–Дело сделано. Она была отобрана для всех троих. Как викенцы, вы знаете свою ответственность.

Ответственность. Она была навязана мне с самого раннего возраста. На мне лежала ответственность за то, чтобы править планетой, но не за то, чтобы оплодотворить женщину вместе с моими отчужденными братьями.

—Мы не просили об этом,—сказал я, говоря и за своих братьев.

Они кивнули—пожалуй, впервые в жизни мы были согласны друг с другом.

—И все вы примете и назовете ребенка своего брата своим преемником?

Лев снова приподнял бровь.

—Нет.

Тор сжал кулаки.

—Никогда.

Я не ответил, потому что мой ответ был таким же. Нет. Никогда. Я никогда не оставлю свой народ потомству другого мужчины. Это были мои люди. Только мой ребенок унаследует священную мантию лидера.

—И теперь вы понимаете. Вы все должны стать ее партнерами.

Регент поднял руку, чтобы заставить меня замолчать, когда я открыл рот, чтобы возразить.

—Вы не просили родиться тремя правителями планеты. Вы не просили, чтобы вас разлучили в младенчестве. Вы должны были быть вместе, как одно целое. Вы были рождены, чтобы править, но ваша жизнь была и будет полна жертв. Ради планеты, ради будущих поколений вражда должна прекратиться. Наши воины должны вновь поступать на службу Межзвездной коалиции. Мы должны защищать нашу планету от Улья, а не сражаться друг с другом. Если мы еще раз не обеспечим нашу квоту воинов, мы будем отстранены от защиты со стороны Коалиции. Я получил сообщение, что нам дают восемнадцать месяцев, чтобы удовлетворить их требования, снова внести вклад как в программу невест, так и в пополнение рядов воинов, или Викен будет предоставлен сам себе. Я хочу видеть Викен снова единым и сильным. Защищенным. Гордым. Прежде чем я умру, мы должны вернуть Викену его место в качестве мощной силы в борьбе против Улья.

Улей был расой искусственных существ, которые убивали всех без разбора в поисках ресурсов и новых биологических форм для ассимиляции в свой коллектив. Они захватывали все свободные формы жизни и имплантировали им технологии, нейропроцессоры и механизмы управления, которые похищали разум и душу живого существа. Все планеты-члены Межзвездной коалиции предоставляли ресурсы, корабли и воинов для продолжающейся битвы с Ульем и его беспорядочным злом.

Улей нужно было остановить. И регент был прав. Викен уже много лет не присылал ни воинов, ни невест в требуемых количествах. Мысль о том, что нас могут бросить, не приходила мне в голову. Угроза планете была реальной и неприемлемой. Двух солнечных циклов едва хватит, чтобы оплодотворить женщину и увидеть рождение ребенка. Это означало, что у нас действительно не было ни времени, ни выбора. Я ненавидел регента за это, за то, что он сказал нам правду. Но я знал, что нужно сделать, независимо от того, как сильно я не хотел об этом думать.

–До сих пор вы оставались вне сферы межзвездной политики и управления. Теперь вы должны подняться на уровень выше и принять на себя ответственность, для которой вы были рождены. Весь Викен должен быть защищен. Мы должны быть едины. Викен должен быть сильным. Это правда, и это мечта, ради которой ваши родители пожертвовали своими жизнями.

Лев прорычал:

– Они погибли не ради мира, а из-за войны. Повстанческие группировки выследили и убили их в погоне за властью. Гражданская война на Викене закончилась, потому что вы разделили нас, а не потому, что держали нас вместе.

– Тогда Вы были детьми и еще не могли править,– добавил регент.– Теперь же вы вернулись на Единый Викен, в центральный сектор нашей планеты, чтобы принести мир, но не в краткосрочной перспективе, как это было раньше, а навсегда. Вы трое должны отбросить свои разногласия и выступить по-настоящему единым фронтом. Вместе вы будете могущественны. Три брата. Одно дитя. Одно будущее.

– Черт,– пробормотал Тор.

Я чувствовал себя так же. От плана регента нельзя было уклониться. Не было альтернативы у необходимости защитить наш народ как от Улья, так и от повстанческих группировок в нашем собственном мире. Мятежники хотели вернуться к племенным обычаям, к сотне различных секторов, каждый со своим правителем, со своими целями. Они хотели вернуться к тому, как жил Викен сотни лет назад, до того, как мы стали членами межзвездного сообщества, до того, как Викен стал одной из многих планет в нем.

Лидеры повстанческих фракций хотели войны и раздора, каждый хотел править своим маленьким королевством с помощью абсолютного контроля, железной рукой. Они хотели верить, что они всемогущие. Боги.

Это были устаревшие идеи, оставшиеся от тысячелетней культуры. Им не было места в новом мире, в мире, где Улей мог уничтожить все население нашей планеты за несколько недель, если наши глупые действия оставят его без защиты. Нам было нужно, чтобы наши воины были в космосе, на боевых кораблях, а не пререкались из-за урожая на участке или женщин.

—Вы могли бы сказать нам о требованиях Коалиции, о снижении отправок воинов,—сказал я.—Вы могли бы сказать нам о своем плане, о нашей невесте.

Мои братья скрестили руки на груди и кивнули.

Старик приподнял седую бровь.

—И вы бы согласились? Подчинились бы процессу подбора?

Регент склонил голову набок, и на его лице отразилось облегчение. Мы больше не спорили. Он доказал свою точку зрения. Я не был лишен здравого смысла, как, судя по всему, и мои братья. Мы еще не согласились, но мы слушали.

Тор потер подбородок.

—Как вам удалось совершить подбор для одного из нас? И кому была эта невеста подобрана?

Регент выглядел смущенным—я никогда раньше не видел румянец на его морщинистом лице.

—Медицинский осмотр, который вам провели в прошлом месяце, был уловкой, чтобы протестировать вас. Мы дали вам успокоительное и провели тестирование, пока вы спали. Некоторые тесты были сделаны, когда вы были полностью без сознания.

От этих слов я вздрогнул. Я точно знал, о чем он

говорит. Я пошел на общий медицинский осмотр, как требовалось, и проснулся в поту, с колотящимся сердцем. Это было необычно. Я никогда раньше не просыпался в медицинском отделении с твердым членом. И о чем бы я ни думал, чтобы отвлечься, он все равно стоял. Мне пришлось отпустить доктора и использовать руку, чтобы облегчить дискомфорт. Это был какой-то сон, настолько интенсивный, что я был вне себя от возбуждения. Черт, если бы я еще помнил, что мне снилось.

–Итак, кто из нас является ее парой?

Я хотел знать. Мне нужно было знать. Я не хотел трахать женщину, которая не была моей. Я бы сделал это один раз, раз уж это было необходимо для защиты планеты, но я не стал бы связывать себя с ней, не позволил бы себе привязаться к ней, если она не была *моей*.

Регент усмехнулся.

–Все трое. Мы объединили ваши данные в программе, и она была подобрана для всех сразу. Она не только примет вас троих так, как нравится каждому, но и будет *нуждаться* в том, чтобы каждый из вас был по-настоящему счастлив. У каждого из вас есть необходимая ей черта, которую она жаждет, которая нужна ей для удовлетворения.

Регент расхаживал взад-вперед, и его твердые серые сапоги выглядывали из-под мантии при ходьбе. Он был одет в мягкую мантию и боевые сапоги с лезвиями. Мягкие слова, а за ними–железная воля. Этот костюм был ему к лицу.

–Я не хотел призывать вас сюда, пока подбор не будет осуществлен, пока не будет запланирована доставка. Я не мог рисковать тем, что один из вас откажется от нее.

Поскольку это был очевидный факт, никто из нас не ответил.

–Ладно, ладно,–ответил Тор.–Значит, мы должны трахать эту женщину, пока не оплодотворим ее? В одной комнате? Одновременно?

Регент пожал плечами.

–Вы можете делить ее между собой или брать по очереди. Это на ваше усмотрение.

Тор кивнул.

–Хорошо. Тогда она будет путешествовать из сектора в сектор, и каждый из нас будет ее трахать.

Регент Бард поднял руку.

–Как я сказал, вы все должны взять ее в течение короткого промежутка времени, чтобы гарантировать, что ваше семя сольется, и у всех вас будет равный шанс стать отцом ребенка. В то время как трахать ее совместно не требуется для оплодотворения, брачные законы требуют, чтобы...

Лев провел рукой по затылку, встал и начал расхаживать по комнате.

–Вы серьезно?

Тор отошел от стены.

–Мы даже не нравимся друг другу, а вы ожидаете, что мы будем кончать в нее со всех сторон в одно и то же время?

Гнев вспыхнул при осознании того, что требовал регент. По очереди–это одно, но вместе? Мы не видели друг друга тридцать лет, а теперь должны будем трахнуть ее вместе?

Регент снова поднял руку.

–Закон ясен. Вы знаете, что брачный союз должен объединить всех участников. В вашем случае, поскольку вы трое являетесь ее партнерами, вы все должны заявить права на женщину одновременно. В противном случае узы не будут скреплены, и ее вечно будут чураться.

Тор скрестил руки на груди, его тело напряглось. Ему явно не нравилась эта идея.

–Она родит ребенка, который объединит планету. Как можно ее чураться?

–Если вы не сделаете это должным образом, ваша партнерша будет просто средством для рождения ребенка и ничем больше. Она не будет правящей матерью или супругой лидера сектора. В ее случае, лидеров всех трех секторов. По закону и обычаю будет считаться, что муж отверг ее, и она будет изгнана.

Я посмотрел на братьев, потом на регента.

–Мы были врагами всю нашу жизнь, и вы ожидаете, что мы возьмем ее в рот, киску и задницу одновременно для брачного союза.

Я увидел интерес в глазах моих братьев, похожий на тот, что чувствовал я. Идея трахать женщину любым из этих трех способов возбуждала, но мне предстояло делать это с мужчинами из секторов, которые я привык недолюбливать. Лев и Тор были моими братьями по рождению, но народ Первого сектора был моим по крови, поту и выбору.

–Для брачного союза–да. Для оплодотворения–нет. Каждый из вас должен заполнить ее киску семенем, по крайней мере, пока зачатие не произойдет должным образом. Как только это будет сделано, вы можете делить ее любым способом. Но для того, чтобы обеспечить ей счастье, вам нужно будет отложить в сторону свои разногласия.

Каждый из нас приподнял правую бровь, и мы гневно уставились на старика. Обеспечить счастье своей женщины–это было вопросом чести для воина. Намек на то, что мы, лидеры планеты, не сможем удовлетворить всех потребностей нашей невесты, был крайне оскорбителен.

–Вы поместили нас в разные сектора, чтобы сохранять мир, а не учить терпимости. Вы держали нас разделенными всю нашу жизнь, а теперь хотите, чтобы мы притворялись, что рады трахнуть женщину вместе, чтобы гарантировать, что ее не изгонят? Что рады делить невесту?

–Я согласен с Дроганом. Женщина не решит наши давние проблемы между секторами. Как и ребенок.

–Что ж, лидеры секторов, тогда я предлагаю вам придумать, как объединить сектора, или весь Викен станет жертвой Улья. Вы потеряете все. Так ли дороги будут вам ваши разногласия, когда в ваш мозг будет имплантировано столько нейропроцессоров, что вы не сможете вспомнить собственные имена?

Как регент мог сохранять спокойствие, выходило за пределы моего понимания. Я хотел ударить его в нос только за это. Я хотел поколотить его за то, что он заставил нас троих участвовать в этом… безумии. За то, что вынудил нас. За то, что держал в тайне опасную правду о нашем положении в Межзвездной коалиции.

–А наша партнерша знает, что была обручена с тремя мужчинами?–спросил Лев.

Это был хороший вопрос, и я посмотрел на регента.

–Не знает. Она соответствует вашему общему профилю, так же как каждый из вас...–тут он указал пальцем на каждого из нас,–соответствует ее. Поскольку вы близнецы с идентичной ДНК, она подошла вам всем.

–Давайте начистоту, регент,–сказал Тор и начал перечислять, загибая пальцы.–У нас есть партнерша, которая не знает, что она принадлежит трем воинам. Мы должны убедить ее трахнуться с каждым из нас. Мы должны немедленно оплодотворить ее, чтобы объединить планету. И мы должны навести порядок в секторах, чтобы больше воинов и невест было отправлено Коалиции, или мы будем захвачены Ульем.

–Да. Коалиция дала нам десять месяцев на то, чтобы улучшить наши показатели.

Этого времени едва хватит, чтобы осеменить нашу новую невесту и завести нового малыша. Ребенок еще будет не в состоянии ходить, когда будет признан наследником во всех трех планетарных секторах.

Я застонал.

–Мы также должны убедить нашу невесту принять наше семя одновременно, чтобы брачный союз был заключен. Ни в коем случае моя партнерша не будет изгнана.

Просто оплодотворить ее было не сложно. Мы могли трахать ее так, как хотели, но, чтобы достичь брачного союза, мы должны будем трахнуть ее во все дырки сразу. Я не был добряком, но я не допустил бы, чтобы женщина была отвергнута. Если у меня и была проблема с тем, чтобы трахать ее вместе с братьями, она в этом не была виновата.

И я никогда не принуждал женщин. Не так-то

просто будет уговорить женщину, не желающую иметь дело с тремя мужчинами. Возможно, встретиться с Ульем было бы легче.

—Моя тоже,—проворчал Лев.

Тор зажал последний палец.

—И мы должны положить конец тридцатилетней вражде и убедить планету объединиться.

Когда Тор все это объяснил, задача показалась невыполнимой.

—Откуда нам знать, что она не помолвлена с другим, и что ты не используешь все это как способ манипулировать нами, чтобы изменить баланс сил между секторами?—добавил я.

Услышав мой вопрос, братья расправили плечи и нависли над стариком.

Он вздохнул.

—Как вы знаете, она не была бы послана сюда своим родным миром, не будучи подобрана для вас протоколом обработки. Если это вас так волнует, я могу позвать других мужчин в эту комнату, и она будет вынуждена выбрать вас среди многих.

—Только одного из нас,—сказал я, поскольку это давало гарантию, что женщина сделает беспристрастный выбор.

Если она действительно была подобрана одному из нас, связь должна быть мощной и проявить себя немедленно. Я забыл об этом, так что была надежда, что она будет склонна к нашим требованиям трахаться... сразу же. Я бы не стал доверять подбору, пока наша невеста не докажет, что способна чувствовать эту связь.

Регент почтительно склонил голову.

–Очень хорошо. Поскольку она считает, что подобрана только одному мужчине, вам нужно будет решить, кто из вас будет стоять в ряду мужчин. Не забудьте сделать то, что должны, как только получите ее. Вы трое должны осеменить ее. Без этой связи и силы семени другие захотят ее. Они попытаются отнять ее у вас.

Как только семя мужчины наполняло женскую киску, начиналась связь. Химические вещества в семени викенцев были мощными. Наша невеста будет жаждать его, нуждаться в нем. В свою очередь, привязавший ее к себе мужчина будет испытывать непреодолимое желание заявить на нее права, защитить ее и укрепить связь. Это естественная связь между викенцем и его партнершей. Но достаточно нескольких месяцев без воздействия связующих химических веществ в семени мужчины, и тело женщины станет восприимчивым к притязаниям другого.

Моя женщина никогда не потеряла бы связь с моим семенем. Я бы трахал ее жестко и часто. Я бы пробовал ее киску своим ртом, и мое семя заполняло бы ее горло. Я бы...

–Вы думаете, другие попытаются бросить нам вызов, заявив права на нашу пару?–спросил Лев.

Пока она не выберет одного из нас из ряда мужчин, ее будут считать доступной. Любой мужчина, достаточно могущественный, чтобы забрать ее у нас, может попытаться заявить на нее права.

–Если она выберет кого-то из нас, то подбор будет подтвержден. Она не принадлежит никому, кроме нас.

Слова Тора подтверждали, что он защищает то, что принадлежит ему. Лев согласно кивнул.

–Подбор правилен. Она выберет одного из вас,– сказал регент.

Он был полностью уверен в этом. Достаточно уверен, чтобы я мог поверить, что он не лжет. Если бы он лгал, женщина могла бы выбрать любого случайного викенца в комнате, который трахнул бы ее. У него была бы власть семени над ней и способность оплодотворить ее, а не у нас троих. План регента по рождению единого лидера не осуществился бы.

–Наверняка эту женщину трахали и раньше,– сказал Лев.–Разве она не будет тосковать по члену землянина, который она оставила дома? Разве она не будет страдать от отсутствия его семени?

Регент покачал головой.

–Земляне не имеют такой связи со своими супругами. Их семя не так сильно, как наше. Это обстоятельство в вашу пользу. Женщину с Земли свели с тремя мужчинами с Викена. Совокупная сила вашего семени будет иметь эффективность, которую она не может себе и представить. Делайте свою работу, парни, и делайте ее хорошо. Присвойте ее, трахните, наполните своим семенем. Оплодотворите ее. Если, как вы заявили, вы не можете найти единства между собой, вернитесь в свои сектора. Ваша партнерша будет изгнана, как только родит. Ребенок будет править. Эта мелкая вражда закончится, и мы снова займем свое законное место в качестве полностью защищенной планеты-члена Коалиции. Все остальное не имеет значения.

Этот старик не имел сочувствия к нашим индивидуальным желаниям. Он думал только о стабильности планеты. Ни мои личные интересы, ни интересы моих братьев, и уж точно ни желания и ожидания этой женщины, с которой мы были обручены, его не интересовали. Как и при рождении, мы, трое братьев, снова стали жертвами обстоятельств. В то время как Лев, Тор и я могли бы вернуться в наши сектора, если бы не согласились на это совместное присвоение, *она* была бы уничтожена. Любой зачатый ребенок будет оторван от нее и от тех, кто отрекся от нее. Она месяцами будет страдать от сильного, отчаянного притяжения силы семени не одного мужчины, а сразу трех.

Такой судьбы я не желал ни одной женщине, и уж тем более той, за которую был в ответе. Той, которую я оплодотворил и назвал своей невестой. Женщину необходимо оберегать и защищать, удовлетворять и подчинять. А вовсе не использовать, добившись ее доверия и послушания только для того, чтобы она была отвергнута супругом, которому научилась служить. Я взглянул на братьев. Сможем ли мы преодолеть наши разногласия, чтобы защитить женщину, которую мы еще не встретили?

Яркий свет заполнил комнату над большим столом.

–Ах, ее транспортировка началась.

Регент ликовал, широко улыбаясь и нетерпеливо подпрыгивая при ходьбе.

Мы все отступили назад, наблюдая, как на столе медленно материализуется женщина. Как только транспортировка был завершена, ослепительная волна света исчезла, оставив ее бессознательное тело на твердой поверхности стола. Мы подошли ближе, чтобы посмотреть на нее; моим глазам потребовалось несколько секунд, чтобы оправиться после яркой вспышки от ее телепортации.

На ней было длинное платье, типичное для Викена. Материал не скрывал ее пышных изгибов–очень полные груди и округлые бедра. Волосы у нее были темно-рыжие, цвета огня. Они были распущены и раскинулись густыми кудрями по дереву стола. Ее длинные ресницы лежали на бледных щеках. Губы были сочно-розовыми, пухлыми и полными, и мой член запульсировал при мысли о том, как они обхватят его.

Это была наша партнерша? Я взглянул на своих братьев, чьи лица выражали тот же трепет, который чувствовал я.

–Вы все еще считаете, что для вас будет тяжкой повинностью трахнуть эту женщину? Быть в паре с ней? Оплодотворить ее?

Слова регента предназначались для того, чтобы высмеять нас, но вместо этого только подчеркнули, как все до единого мои протесты испарились при виде ее зрелого тела и красивого лица. Я *хотел* ее. Хотел, чтобы мой член был у нее во рту, а моя рука шлепала ее голую задницу. Хотел трахать ее, пока она не закричит, и смотреть, как она стоит на коленях у моих ног, обнаженная и готовая к тому, чтобы ею овладели.

Нет. Трахать ее не будет тяжкой повинностью. Мой член напрягся от одного ее вида, а она даже не была в сознании. Краем глаза я видел, как Тор поправляет член в штанах. Хорошо, что нас сразу же потянуло к ней, потому что ни много ни мало, а судьба планеты зависела от нашей способности трахать эту женщину и делать это качественно.

Тор

Нас вызвали в штаб-квартиру на Едином Викене, но не для совещания секторов, как мне сказали, а потому, что мои братья и я были вынуждены собраться вместе из-за угрозы планете и оплодотворить женщину, назначенную невестой не только мне, но и моим братьям-близнецам. Я знал, что когда-нибудь мне придется найти себе пару, но я всегда верил, что это будет в выбранное мною время и с выбранной мною женщиной. Я также предполагал, что моя партнерша будет моей и только моей. Казалось, что, как выразился регент Бард, вмешалась судьба.

Передо мной была самая красивая женщина, которую я когда-либо видел, раскинутая на столе, где принимались самые смелые решения планеты. Возможно, *она* и была одним из самых смелых решений регента. Она объединит сектора и, предположительно, снова принесет на планету мир. Она вдохновит молодых воинов на войну, а девственниц — на брак. Ее ребенок будет править планетой, когда я и мои братья будем давно мертвы.

Разделение моих братьев и меня не объединило планету. Это было лишь временной передышкой от всеобщей войны. Наша королевская кровь и долгая история честных и справедливых правителей из нашей семьи успокоили планету достаточно для того, чтобы установился хрупкий мир. Но из-за разлуки в младенчестве мы стали меньше, чем братьями.

Каждый из нас был сформирован обычаями, убеждениями и предубеждениями наших конкретных секторов, и ничем иным. Я должен буду делить эту женщину с двумя мужчинами,–пусть даже братьями,– которых я не знаю. Мы выглядели одинаково, но на этом все и заканчивалось. Регенты ожидали, что мы разделим партнершу. *Разделим!*

Мне уже отказали в том, что должно было принадлежать мне по праву. В Первом секторе, где я правил, семья была всем. Ваш статус измерялся могуществом и честью вашей семьи. У меня не было своей. Моя королевская кровь–это все, что спасло меня от жизни в качестве изгоя среди моего собственного народа. Но даже моей крови было недостаточно, чтобы уберечь меня от насмешек жестоких детей, от одиночества на всех крупных мероприятиях. Я был один, всегда один, и считался уязвимым в обществе, где семейный щит обеспечивал выживание.

Изоляция сделала меня сильным, и я не жалел о своей жизни. Но теперь, столкнувшись с необходимостью создать собственную семью, я не хотел делить ее с двумя мужчинами, которых едва знал. Не хотел делиться ни временем, ни вниманием женщины. Если она действительно моя, как утверждал регент, я хочу, чтобы она принадлежала только мне. Я обнаружил, что жажду ее любви, ее страсти, ее тела. Я хотел всего.

Глядя на соблазнительные изгибы ее ягодиц и бедер, я возбудился при мысли о том, чтобы поиметь ее в задницу, растянуть ее и заявить на нее права всеми способами. Как только я сделаю ей ребенка, я буду наполнять ее округлую попку своим семенем, чтобы она не могла больше обходиться без меня, без моих прикосновений и моего члена. Я хотел, чтобы она безудержно желала меня.

Я хотел подхватить женщину на руки, отнести в укромное место и показать ей, как надо трахаться. Я не сомневался, что мои братья будут обращаться с ней хорошо. Каковы бы ни были их политические разногласия, все мужчины Викена берегли своих женщин и детей. Женщин защищали и оберегали. Партнершу лелеяли и ценили как самое важное в жизни мужчины.

Только поэтому я до сих пор избегал женитьбы. Я не был готов сделать женщину всем для себя. Но теперь, когда я увидел эту... землянку, все изменилось. Я видел, как бьется пульс на ее длинной шее. Я видел округлости ее груди над вырезом платья. Я воображал себе шелк ее рыжих волос, скользящих сквозь мои пальцы. Черт возьми, я даже мог чувствовать ее запах. Что-то цветочное и чистое. Интересно, какова она на вкус, будет ли ее киска такой же сладкой, как и все остальное?

Я поправил член в штанах. Не будет никакого облегчения, пока я не окажусь глубоко внутри нее.

–Вы все еще хотите, чтобы она выбрала вас из группы?–спросил регент.

Его длинная серая мантия развевалась вокруг лодыжек, когда он повернулся ко мне.

Я взглянул на братьев, и они кивнули. Нельзя было отрицать связь, но политика была безжалостна.

–Да.

Мы должны были убедиться, что план сработает, что женщина действительно наша. Проверка соответствия будет подтверждением, в котором мы нуждались, хотя я чувствовал притяжение, просто глядя на женщину перед нами.

–Очень хорошо. Я соберу группу отбора, а потом вернусь.

Регент Бард кивнул мне и вышел из комнаты; молчаливый и забытый Гиндар последовал за ним.

— Мы даже не нравимся друг другу. Как мы это сделаем?–спросил Дроган.

Он провел рукой по чуть более коротким, чем мои, волосам знакомым мне жестом. Я только что сам его сделал.

–Неужели на Викене не нашлось женщин-тройняшек, которых мы могли бы получить?

Я наклонился вперед и положил руки на стол.

–Это решило бы проблему так же легко, как заявить права на одну женщину,–добавил я.

–Регенты хотят одного ребенка, а не трех. Одного нового лидера,–уточнил Лев.

–Черт,–пробормотал Дроган.

План регента был надежным. Он свел нас с женщиной с другой планеты, которая не могла вернуться. Только от взгляда на нее мой член зашевелился. Думаю, что у моих братьев тоже. Когда наше семя будет в ней, как мы сможем отрицать вожделение, которое будем чувствовать? Она будет связана с нами навсегда, аромат нашего семени в ее организме станет зовом сирены для наших чувств. Если мы отвергнем ее после того, как она будет оплодотворена, откажемся от брачного союза, высока вероятность, что она сойдет с ума. Может, мы и не нравимся друг другу, но мы никогда не обидим женщину. Было бы лучше убить ее сразу, чем позволить ей страдать от неудовлетворенной потребности в семени трех мужчин-викенцев.

Лев шагнул ближе к столу, изучая нашу новую пару.

–Как мы будем ее трахать?

Дроган и я придвинулись ближе, пока все трое не встали над ней, глядя вниз с... благоговением. Спор был неизбежен.

–Я слышал, что мужчины из Первого сектора любят трахаться на публике,–сказал Лев, глядя на меня.

В этом была правда. Секс в моем секторе не обязательно был личным делом. Семейные узы были важны. Иногда, если мужчина хотел оплодотворить свою партнершу, и они хотели, чтобы ребенка приняли с распростертыми объятиями, он заявлял на нее права, осеменяя ее публично. Если женщина страдала, нуждалась в семени своего супруга, и потребность была достаточно велика, он брал ее, когда и где бы она ни находилась. Потребности партнерши были превыше всего.

Я привык к тому, что за мной наблюдают, привык наблюдать за другими, так что если бы мне пришлось смотреть, как трахаются мои братья, это не было бы проблемой. Что было бы трудно, так это смотреть, как они трахают *ее*.

–Во Втором секторе мужчине нужно связать партнершу, чтобы подчинить ее,–возразил я.

Лев стиснул зубы.

–Мы не связываем наших женщин, чтобы насиловать их. Это просто доставляет удовольствие, и женщины охотно подчиняются.

–Она связана. У нее нет выбора,–добавил Дроган.

Лев выглядел готовым убить.

–Она *хочет* быть связанной, подчиняться.

Он повернулся к Дрогану.

–Почему вас так беспокоит то, что мы делаем у себя во Втором секторе? Третий сектор лижет киски, как конфеты. Я слышал, что вы предпочитаете лизать киску, а не трахаться.

Дроган ухмыльнулся, нисколько не смущенный словами Лева.

–Мы действительно наслаждаемся красивой влажной женщиной, иногда часами.

Глаза Дрогана потемнели от той же похоти, что и у меня, когда он уставился на нашу партнершу.

–Не могу дождаться, когда мой рот окажется между ее бедер, и я попробую ее на вкус. Потружусь своим языком над ее клиторальным колечком, доводя ее до оргазма снова и снова. Услышу ее мольбу.

Он наклонился и глубоко вдохнул, втягивая ее аромат в свои легкие.

–Я буду пробовать ее, пока она не закричит, а потом буду трахать, пока не закричит, что хочет еще.

Наши споры прекратились, так как мы все, казалось, погрузились в свои личные фантазии. Для меня было очевидно, что у всех нас одинаковая реакция на женщину. Я смотрел и вожделел. Мне хотелось перекинуть ее через плечо, отвезти домой, привязать на городской площади и трахнуть на глазах у всего города, чтобы все видели, как я спускаю свое семя в ее утробу.

Но сейчас этого не случится. Нам придется присвоить ее здесь, на Едином Викене. Здесь, на этом нейтральном острове. И это должно быть сделано вместе с моими братьями.

Она не двигалась, а мы стояли и смотрели на нее, как на загадку, которую не можем разгадать.

–Можно согласиться с тем, что трахать ее не будет повинностью,–сказал Лев.–Каким бы способом мы это ни делали, что бы ни вызывало у каждого стояк, это будет удовольствием.

–Да,–согласился я.

Мой член был уже твердый, а ведь я просто смотрел на нее, полностью одетую. Я мог только представить, что почувствую, когда она окажется перед нами обнаженной.

–Да,–подтвердил Дроган.

Я поправил член в штанах.

–Тогда давайте договоримся, что мы должны сосредоточиться не на наших разногласиях, а на том, *что* мы должны защищать и лелеять вместе. *Ее.*

–Если он думает, что мы оплодотворим ее, а потом бросим ее и ребенка, то он ошибается,–в моем голосе слышался застарелый гнев.–Представления Первого сектора о семье–матери и отце, заботящихся о своих детях–очень конкретны. Я не позволю этому ребенку вырасти, как я.

Я бросил быстрый взгляд на каждого из своих братьев.

–Я убью любого, кто попытается забрать ее или моего ребенка.

Я был сиротой без отца и матери. Меня воспитывало правительство, няньки и учителя, без семьи. Это было нелегко. На самом деле, это было чертовски ужасно. Я бы ни за что не стал подвергать кого-то такому испытанию, не говоря уже о моем собственном ребенке.

–Политика может подождать. А вот она, как только проснется, не сможет,–ответил Лев.

–И мой член тоже,–пробормотал Дроган.

Мы с Левом улыбнулись.

На мгновение мы опустили на нее глаза.

–Она испугается. Она принадлежит не одному мужчине, а трем,–сказал Дроган.–Посмотри на нас.

Я взглянул на братьев. Мы были большими и беспокойными, раздражительными и агрессивными. Мы были рождены, чтобы быть лидерами; наши размеры, наша сила сделали нас свирепыми.

–Мы не ручные,–добавил я.

–Возможно, мы мало насчет чего согласны, но нам необходимо договориться о ней и о том, как возьмем ее.

Лев кивнул в сторону спящей женщины.

–Я не позволю ей страдать. Как и Тор, я отказываюсь предоставить ребенка заботам регента.

Он выпалил слово "забота" с яростью, потому что регент заботился бы о ребенке не больше, чем о домашнем животном.

Дроган кивнул и посмотрел на нас с Левом.

–Она наша.

–Если это не ловушка, и она действительно выберет нас,–подтвердил я.–Согласны?

–Согласны,–ответили Лев и Дроган одновременно.

–Кто из нас встанет в ряд с другими, чтобы доказать соответствие?–спросил Дроган.

–Неважно,–ответил я.–Она выберет одного из нас в

группе. Регент не пошел бы на это, если бы не был уверен в соответствии.

–Это для нашей же пользы. Я согласен с Тором,– заметил Лев.–Не имеет значения, кто встанет с остальными, лишь бы мы забрали ее отсюда вместе. Никто больше не прикоснется к ней.

–Решено.

3

Лея

Мои глаза открылись, как будто я только что вздремнула. Одного вида потолка из темного дерева было достаточно, чтобы мой мозг осознал, что я больше не в центре обработки. Было тихо, не слышно жужжания кондиционеров и приборов. Воздух был теплым и влажным. Шорох заставил меня повернуть голову. Казалось, я лежала на жестком столе, а рядом с ним на стуле с высокой спинкой сидел старик. Опершись рукой о дерево, я села. На мне было зеленое платье, простого покроя, но длинное. Оно покрывало мои ноги до щиколоток, но ступни были босыми. Платье было с длинными рукавами, но с глубоким вырезом. Он был не слишком уж откровенным, но грудь у меня довольно большая, и поэтому всегда была видна в декольте. Платье было странным, старомодным по стилю–такое женщина носила бы сто лет назад.

Старик сидел так неподвижно, так терпеливо. У него были седые волосы и борода, глубокие морщины избороздили лицо. Его одежда была похожа на мою, простая и без украшений, но серая.

–Вы ... вы тот мужчина, который подобран для меня?–спросила я.

Я прочистила горло; голос звучал хрипло.

Неужели они послали меня к такому старику? Ему было лет восемьдесят, не меньше.

Он улыбнулся, и морщинки в уголках его глаз стали глубже.

–Вовсе нет. Я–регент Бард. Ваша пара вон за той дверью.

Я посмотрела в указанном направлении.

–Когда вы будете готовы, мы пойдем к нему.

–Я ведь на Викене, верно?

Комната была большой, но скудно обставленной. Пол был из того же дерева, что и потолок, стены белые. В дальних концах комнаты были окна, но за ними виднелась только зелень. Не чувствовалось, что я была не на своей планете, или что пересекла половину галактики. Мне казалось, что я нахожусь в старинном здании и смотрю на старый лес у моря. Воздух был влажный и соленый, тяжелый и густой–только крупный водоем может насытить воздух таким образом.

Это не было похоже на научно-фантастические фильмы по телевизору. Старик не был одет в серебро. У него не было третьей руки. Он был ни капельки не зеленым. Он выглядел нормальным. Старым, но нормальным.

–Да. Добро пожаловать в Викен, миледи. Как вас зовут?

–Лея.

Я не хотела быть грубой, но мой партнер был рядом. Мне просто нужно сказать этому человеку, что я готова, и он отведет меня к нему. Готова ли я? Буду ли когда-нибудь? Хорошей новостью было то, что я была не на Земле. Мой бывший жених не мог добраться до меня здесь, и никто не мог отправить меня обратно.

Тем не менее, хотя *идея* того, чтобы улететь с Земли, и чтобы меня трахнул и присвоил полный незнакомец, *казалась* здравой, *реальность* была немного пугающей. Я ничего не знала ни о планете Викен, ни о том, как выглядят викенцы. Как выглядит мой партнер? Я никогда не задумывалась о его возрасте или внешности. На самом деле я не хотела пару. Я просто хотела сбежать от мерзкого человека, который хотел обращаться со мной как с собственностью на Земле. Но сейчас, сейчас я... нервничала.

Как бы то ни было, я была здесь, на другой планете, и не могла избежать своей судьбы. Поэтому я глубоко вздохнула и сказала:

–Я готова.

Он медленно встал и протянул руку, помогая мне слезть со стола. Мое длинное, из тяжелого материала платье спадало до лодыжек. Я последовала за ним к двери. Пока я шла, я почувствовал легкое потягивание клитора. Странно. Я приостановилась от пронзившего меня жара, но отмахнулась от ощущения. Сделав еще два шага, я почувствовала это снова. И поняла, что тут что-то не так.

Я покраснела, потому что не могла сказать этому старику, что у меня что-то не в порядке с клитором, и не могла поднять длинное платье, чтобы выяснить, что с ним, как бы мне ни хотелось. Жар охватил меня, но не от смущения, а от вновь обретенного желания, и я облизнула губы. Мне хотелось потянуться вниз и дотронуться до себя там, но это было неуместно. Появилось ли это новое ощущение оттого, что я была на Викене? Мне придется отложить беспокойство на потом, так что я прикусила губу и прошла в дверь, которую старик держал открытой для меня.

Смежная комната была такой же большой, но без стола. Вдоль стен стояло всего несколько стульев. Но меня заинтересовала не комната, а мужчины, выстроившиеся передо мной. Все они были высокими и мускулистыми, довольно-таки крупными. На самом деле, *очень* крупными. Викенцы казались почти такими же, как земляне, только значительно больше размерами. Все они смотрели на меня с интересом и любопытством. Я должна была помнить, что они, вероятно, никогда раньше не видели женщину с Земли. Мы были в равной степени заинтригованы.

Старик встал рядом со мной и поднял подбородок в направлении шеренги мужчин.

—Ваш подбор был успешным, однако на Викене требуется доказательство связи.

Я повернула голову и посмотрела на него.

—Связи?

—Естественной связи между подобранными партнерами.

Я продолжала хмуриться, и он объяснил:

—Просто пройдите мимо всех мужчин и скажите мне, кто из них ваша пара.

—Просто... просто пройти мимо них, и я узнаю?

Я взглянула на мужчин. Выражения их лиц ничего не выдавали, только жадное любопытство. Их было по меньшей мере десять, и все в расцвете сил. Некоторые были красивее других, некоторые смотрели на меня так, словно я была диковинкой, а некоторые–как будто хотели сожрать меня на месте. Один из них наблюдал за мной так, словно мог видеть, как бьется у меня на шее пульс, как будто считал мое учащенное дыхание. Я встретилась с ним взглядом и быстро отвела глаза, испуганная, как олененок, преследуемый пантерой.

Все мужчины были одеты похоже, и, казалось, делились на два вида: варваров в мехах и коже и ученых в мантиях. Оба типа мужчин носили за спиной оружие: мечи, луки и копья. Для развитой расы, инопланетной расы, они казались довольно-таки примитивными в способах ведения войны.

Я чувствовала себя так, словно отбыла с Земли и попала в серию моего любимого телевизионного шоу про викингов. Если бы эти мужчины отрастили бороды, они выглядели бы как средневековые воины с моей планеты.

Откуда мне знать, кто из этих мужчин мой? Что, если я по ошибке выберу не того?

—Это уловка? Вы собираетесь отправить меня обратно на Землю, если я выберу не того воина?

При мысли о возвращении на Землю меня охватила паника. Страж Эгара с отвращением покачает головой, и меня выгонят из центра обработки. Я останусь одна, потерянная, без гроша в кармане, и не сомневаюсь, что мой жених найдет меня и накажет за побег. Возможно, на этот раз он даст волю кулакам. Возможно, он просто задушит меня, и покончит с этим.

–Я не пытаюсь вас обмануть.

Слова пожилого джентльмена неожиданно оторвали меня от размышлений. Он небрежно пожал плечами.

–Что касается вашей пары, у вас не будет сомнений. Его тело и его душа будут взывать к вам. Не бойтесь. Доверьтесь своему подбору.

Похоже, у меня не было вариантов. Я начала с левой стороны шеренги, подошла к первому мужчине и робко улыбнулась ему. Я игнорировала покалывание в клиторе. Оно не имело никакого отношения к этому мужчине, и я задавалась вопросом, не повлияла ли транспортировка на мой организм.

Сосредоточиться. Я должна была сосредоточиться на текущей задаче. Первый мужчина был светловолос и казался примерно такого же возраста, как я. На вид он был крепким, хотя за спиной висел лук, а тело покрывала длинная черная мантия. Он улыбнулся мне, и глаза его светились мужским интересом, но я не почувствовала ничего необычного. Я подошла ко второму мужчине. Он был немного ниже ростом, но тяжелее и мускулистее. У него были длинные волосы, светлые, как снег, и одет он был в более примитивную кожу и меха. За спиной у него висел меч, напомнивший мне о викингах-завоевателях. Он не улыбнулся мне. Он даже не посмотрел мне в глаза. Он раздевал меня глазами, и его пристальный взгляд сосредоточился на твердых сосках, ясно видимых под моим мягким зеленым платьем. Я бросила на него все тот же беглый взгляд и... ничего. Я шла вдоль шеренги, пока не осталось всего несколько мужчин, беспокоясь, что никто из них не окажется моим партнером. Не уловка ли это? Будет ли регент разочарован или расстроен, если я не узнаю свою пару?

Я подошла к следующему мужчине и нервно посмотрела на него. Это был тот самый, который рассматривал меня с другого конца комнаты, как будто я уже принадлежала ему. Я остановилась, повернулась к нему лицом и посмотрела вверх. Очень высоко вверх. Он был выше остальных, шире в плечах. Он был крепким, в одежде в стиле викингов и с мечом за спиной. Его грудь и руки были массивными, а кисти выглядели достаточно большими для того, чтобы одна из них могла полностью обхватить мою шею. Его бедра были мощными, как стволы деревьев, и он излучал силу и власть.

Но не его телосложение заставило мое сердце биться чаще, а выражение его темных глаз. Они не просто смотрели на меня, они смотрели в меня, в мою душу. Мои соски напряглись, а киска сжалась при одном его виде. Я задохнулась от реакции моего тела, когда влажный жар затопил мою киску. Его ноздри раздулись, а челюсти сжались. Я даже могла уловить его чистый запах, пряный и лесной. Учуял ли он меня тоже?

Я не заметила, что регент подошел и встал рядом со мной, пока он не заговорил.

–Полагаю, вам не нужно осматривать оставшихся двух мужчин?–спросил он.

Я не сводила глаз с мужчины передо мной. Его волосы были взъерошены, как будто он только что вылез из постели. Они были средней длины и касались воротника его темной туники. Волосы были каштановые, но необычного оттенка, почти цвета виски. В глубине души я знала, что это он. Он был моей парой.

Я подавила свое влечение к этому мужчине и ответила:

–Не нужно. Этот мужчина–мой партнер.

–Удовлетворен, Дроган?–спросил регент.

Этот воин, Дроган, перевел взгляд с моих глаз на мое тело. Я чувствовала себя голой, несмотря на то, что была покрыта длинным зеленым платьем до лодыжек. Знал ли он, что я возбудилась при виде его? Знал ли он, что мое тело заныло, когда я посмотрела на него, что, как бы сильно я его ни боялась, я жаждала прикосновения его гигантских рук к своей коже? То, что происходило с моим клитором, усилилось, и я неловко переступила с ноги на ногу. Я ждала. Чего, сама не знала.

–Да. Вполне удовлетворен.

Низкий голос Дрогана затопил мои чувства, как жидкое тепло, заполнившее весь мой организм. Я хотела снова услышать его голос, услышать, как он приказывает мне встать на колени и взять в рот его член, услышать, как он велит мне раскрыться шире, вбиваясь в мое тело, услышать хриплый шепот его голоса в своем ухе, требующий, чтобы я кончила.

Я стряхнула похоть, затуманившую мой разум, но даже не успела прийти в себя, как мой мир перевернулся. Дроган перекинул меня через плечо, как мешок с зерном, и вынес из комнаты. Мои руки прижались к его пояснице, чтобы сохранить равновесие, и все, что я могла видеть, это напряженные мышцы его очень красивой задницы, когда он вынес меня из здания, вниз по грунтовой дорожке, и понес к другому, меньшего размера зданию на приличном расстоянии.

Запах морской воды и цветущих деревьев успокаивал меня. Синева неба была чуть темнее, зелень травы–чуть бледнее, и звуки птиц и других зверей, перекликающихся друг с другом, не были мне знакомы, но, в конце концов, все это не так уж сильно отличалось от Земли. Я видела красные цветы, деревья, покрытые темно-зеленым мхом, и длинные бледные ветви, тянущиеся к небу.

Здесь, на Викене, я буду в безопасности от моего прежнего жениха. Здесь я буду под защитой этого мужчины, Дрогана. Он был огромным и свирепым на вид, но я хотела доверять подбору. Хотела верить Стражу Эгара и тому, что она сказала мне: этот мужчина был выбран для меня, был единственным во всей Вселенной идеально подходящим мне мужчиной. Мне оставалось надеяться, я что сумею полюбить его, а он–позаботиться обо мне. Быть перекинутой через его плечо и переносимой таким пещерным способом не демонстрировало сильную заботу, но определенно заставляло меня чувствовать себя желанной.

Я увидела, как его нога захлопнула за ним дверь, и он тут же осторожно спустил меня вниз, чтобы я встала перед ним. Клянусь, спускаясь, я чувствовала каждый жесткий сантиметр его тела.

Я снова посмотрела на него, держась за его предплечья для равновесия. Я едва могла дышать, таким сильным было мое желание попробовать его. Он заговорил, а я рассматривала его губы, надеясь, что он наклонится и завладеет моим ртом, дав почувствовать, что я принадлежу ему. Только ему.

–Я Дроган, твой партнер.

Медленно, положив руки мне на плечи, он развернул меня, и я оказалась лицом к лицу с....

–Боже мой,–прошептала я, мои глаза расширились.

–Это мои братья. Они тоже принадлежат тебе.

Передо мной стояли еще двое мужчин, точно таких же, как Дроган. Тройняшки? Черт возьми! Нет. Только не трое...

–Я Тор. Твой партнер.

–Я Лев. Твой партнер.

Я развернулась боком, чтобы видеть всех троих; моя голова поворачивалась туда-сюда, как будто я смотрела теннисный матч. У Тора были длинные волосы. У Лева–короткие. У Дрогана–средние. Все они были одеты как викинги: Лев с луком и стрелами за спиной, Тор с копьем и щитом, а Дроган с мечом. Я чувствовала себя Красной Шапочкой рядом с тремя волками, которые хотели съесть меня живьем. Я была полностью сбита с толку и ошеломлена, и в то же время почувствовала, что связь стала еще сильнее.

–Идентичные близнецы, тройняшки?–пропищала я.

Я никогда не видела идентичных тройняшек. Красивых тройняшек-*мужчин*. Увидеть трех таких великолепных мужчин было все равно, что увидеть единорога. Эти трое были подобраны для меня. Из всех людей во Вселенной именно эти горячие парни были моими–выбирай любого Трое. Я не хотела трех мужчин. Только одного. Мне нужен был только один.

Они кивнули в ответ на мой вопрос.

–Между нами есть небольшая разница. У меня шрам,–сказал Лев, указывая на свою бровь, пересеченную белой линией.

–У меня есть отметка сектора,–Тор закатал рукав рубашки, чтобы показать мне темную полосу, опоясывающую его руку. Татуировка. Она была похожа на что-то племенное с Земли.

–У меня нет никаких особых примет, но длина наших волос поможет тебе отличить нас друг от друга,–добавил Дроган.

–Я не могу ... быть парой вам *троим*.

Но я была. В глубине души я знала, что это так, потому что чувствовала одинаковое влечение, одинаковое притяжение ко всем троим. Это было не только с Дроганом; мое желание почувствовать его прикосновение превратилось теперь в непреодолимую жажду почувствовать прикосновения всех троих. Тяга к Леву и Тору была одинаково сильной и пугающей.

–Кто из вас меня получит?

–У нас одинаковая ДНК. Хотя мы трое разных мужчин, биологически мы одинаковы,–объяснил Лев.

–Так кто из вас моя пара?

Возможно, это было своего рода испытание. Возможно, теперь они решат, кто из них мой партнер, а остальные отправятся домой.

Они подступили ближе.

–Получит тебя?–переспросил Лев, выгибая пересечённую шрамом бровь.

–Тот, кому я достанусь. Вы сами решите, или я выберу одного из вас?

Они подошли и встали прямо передо мной, возвышаясь так, что моя макушка едва доставала до их подбородков. Если бы я подняла руку, то смогла бы дотронуться до них. Их тела заслоняли свет из окон, и я чувствовала себя очень, *очень* маленькой.

–Мы уже решили,–сказал Тор, и мои плечи опустились от облегчения.

Я не могла выбрать. Не могла. Притяжение, которое я чувствовала к каждому из них, было слишком сильным. Лучше позволить им выбрать и просто принять того брата, который получит меня.

–Ты достанешься всем сразу.

Я сделала шаг назад. Правильно ли я расслышала? Всем сразу...

–Вы не можете все... я имею в виду, конечно нет...

Я не могла выговорить ни слова. Я не понимала. Не было никакого смысла в том, что они все хотят меня. На Земле этого никогда бы не допустили; совет по вопросам морали арестовал бы меня за одни только похотливые мысли подобного рода.

–Я не могу быть со всеми вами. Так не делается. Это *незаконно*,–прошептала я.

Лев покачал головой.

–Нет такого закона, который запрещал бы делить женщину. Кроме того, мы подобраны тебе в пару. Подбор является юридически обязывающим сам по себе.

–Я могу запросить другого,–быстро сказала я.

Они снова подступили ко мне, и я попятилась назад, пока не уперлась спиной в стену.

–Ты не станешь этого делать.

Темные глаза Дрогана встретились с моими, и мое сердце заколотилось так сильно, что я испугалась, как бы оно не выпрыгнуло из грудной клетки на пол.

Как они смеют быть такими большими и властными!

–Да?–я скрестила руки на груди.–И почему же?

–Потому что, в отличие от большинства женщин, прошедших через программу невест, у тебя есть *трое* мужчин, которые подходят тебе. Трое. Привязанность очень сильна даже к одному единственному партнеру. Привязанность к трем, я думаю, ощущается непреодолимо остро.

Как только он произнес это, они одновременно подняли руки и коснулись меня. Рука Тора погладила меня по волосам, Лев и Дроган коснулись плеч и скользнули ладонями по моим рукам. *Остро*–это не то слово. Ощущение было как бритва, сильное, горячее, обжигающее. Черт, я и понятия не имела, что это такое. Я просто знала, что никогда не чувствовала этого раньше, и мне... мне это нравилось.

Мои глаза закрылись от теплого прикосновения их рук. Они не прикасались ко мне неуместно, просто... прикасались. Запретное желание, охватившее меня, заставило сжать зубы. Будут ли они привязывать меня к специальной скамье, как я видела во время обработки? Заполнят ли мою киску и мою задницу одновременно? Будут ли двое сосать мою грудь, в то время как третий трахать меня? Позволю ли я им? Мой разум говорил "нет", но моя киска сжалась при мысли о том, чтобы быть разделенной ими, и я сдвинула бедра в попытке унять желание.

–Скажи нам свое имя.

С закрытыми глазами я не знала, кто спрашивает.

–Лея,–прошептала я.

–Лея, сейчас мы тебя трахнем,–сказал мужчина.

Это был не вопрос. Он не спрашивал, он сообщал.

Я открыла глаза и уставилась на них, на одного, на другого, на третьего.

–Без ужина? Без фильма? Даже без прелюдии?

Они с любопытством уставились на меня.

–Мы не знаем, что такое фильм, но если ты голодна, мы обязательно позаботимся о твоих потребностях.

Лев говорил искренне, но я не могла не рассмеяться.

–Я вас даже не знаю, а вы ждете, что я трахнусь с вами троими?

Тор заправил мои волосы за ухо, затем наклонился так, чтобы быть на уровне моих глаз.

–Я чувствую, что ты нервничаешь.

Мои глаза расширились.

–Ты так думаешь?

–Тебя когда-нибудь трахали? Ты девственница?

Я не была девственницей со школьного выпускного вечера. Проблема была *не в этом*.

–Я не девственница.

–Ты не тоскуешь по мужчине, который первым заявил на тебя права и наполнил тебя своим семенем?

–Тоскую по нему?

Тосковала ли я по Сету Марксу, который лишил меня девственности в подвале дома своих родителей?

Он неловко натянул презерватив, и все это скучное мероприятие закончилось секунд за тридцать. Я еще не успела оправиться от боли, как он уже кончил. Я *не* тосковала по нему.

–Хм... нет. Не было никакого наполнения семенем.

Я слышала, что он переехал в Аризону и был теперь профессиональным теннисистом на каком-то курорте.

Все трое расслабились, что меня удивило. Процесс тестирования подтвердил, и не один, а два раза, что я не замужем. Страж Эгара знала, что я стремлюсь покинуть Землю. У меня не было никаких привязанностей, никаких любовных историй, о которых стоило бы помнить–и уж конечно, никак не заслуживал этого мальчишка из старшей школы, который не знал, что такое клитор. У меня были более серьезные проблемы с опасным и одержимым женихом.

Дроган вытащил рубашку из штанов, снял ее через голову и бросил на пол позади себя.

–Что ты делаешь?–пропищала я, не сводя глаз с его точеного тела. Черт побери, неужели меня подобрали *такому*?

–Чтобы тебе было спокойнее,–ответил он.

–Каким образом то, что ты снимешь рубашку, сделает меня спокойной?

Это делало меня слегка нервной и очень возбужденной. Я хотела дотронуться до него, ощутить тепло его кожи, мягкость упругих волосков на груди, рельеф его пресса. Против него было очень трудно устоять.

–Ты предпочитаешь, чтобы мы сняли одежду с тебя?

Всем троим, казалось, очень не терпелось это

сделать. Тот факт, что они предоставили мне выбор или, по крайней мере, делали вид, что предоставляют, немного облегчал ситуацию.

–О..., хм, наверное, нет.

Дроган взглянул на братьев, и они, отступив на шаг, начали сбрасывать одежду. Раз за разом оголялось все больше и больше фрагментов их одинаковых, очень горячих тел. При виде них у меня перехватило дыхание. Я понятия не имела, чем эти мужчины занимались на Викене. Но явно не сидели в офисе и перебирали бумажки.

Когда они спустили штаны–под ними не было нижнего белья–и встали передо мной, обнаженные, я уставилась на них. Я не дышала. Я не могла поверить своим глазам. Возможно, я пялилась слишком долго, потому что они начали осматривать себя.

–Разве мы сложены не так же, как мужчины на Земле?

Они *не* были сложены так же, как мужчины на Земле, или хотя бы те мужчины, которых я видела... во всяком случае, между ног. Их члены были огромными, как раздутые пульсирующие дубинки, торчащие из их тел. Темные вены вздулись вдоль них, а очень толстые, расширяющиеся головки почти достигали пупка, но все же пульсировали в мою сторону. Это было само по себе достаточно ошеломляюще, но что заставило меня пялиться на них, так это то, что их члены были проколоты. Я знала, что некоторые мужчины на Земле прокалывают свои члены кольцом, похожим на большую серьгу в ухе, но я никогда не видела такого раньше. Металл на членах моих партнеров сверкал, как полированное серебро; он обвивал головку и исчезал под ней.

Я знала, что у разных стилей пирсинга есть названия, но, хоть убей, понятия не имела, как назывался этот. Это выглядело сексуально. Развратно. Эротично.

Дроган схватил свой член у основания и начал поглаживать его. Жидкость сочилась из головки и капала с металлического кольца.

–Хм...–я потеряла дар речи при виде этого.–Земляне такие же, но меньше.

Все трое мужчин посмотрели вниз, рассматривая свои члены. Поскольку они были идентичны, сравнивать было не обязательно. Все они были огромными. Если бы они были на Земле, то могли бы легко стать очень знаменитыми, очень богатыми порнозвездами. Я подавила смех при мысли о том, что была подобрана в пару к трем идентичным, великолепным, межзвездным порнозвездам с огромными членами.

–Меньше? Члены земных мужчин меньше? Мне жаль земных женщин,–Лев посмотрел на меня и подмигнул.–Тебе повезло. Тебе понравится трахаться с нами гораздо больше.

С нами.

–Я никогда раньше не видела колец *там*.

Тор тоже начал поглаживать свой член.

–Мужчины на Земле не прокалывают члены?

–Некоторые, возможно, но это необычно.

–Здесь так принято. Это обряд посвящения в мужчины.

–Поверь мне, тебе понравится.

Лев подошел ко мне и погладил костяшками пальцев по щеке. Мне пришлось запрокинуть голову, и это позволило мне не пялиться больше на его член, но я чувствовала, как он прижимается, твердый и толстый, к моему животу. Кольцо сначала было прохладным, потом потеплело.

−Мы должны трахнуть тебя, Лея. Сейчас.

−Потому что вы так возбуждены?−спросила я.

Серьезно, никакой прелюдии вообще?

−Потому что здесь для тебя небезопасно, если ты не помечена нашим семенем.

Я чуть не рассмеялась над нелепостью этого заявления, но трое мужчин, казалось, были не расположены шутить. И все же я должна была спросить:

−Серьезно?

Настала очередь Лева нахмуриться.

−Твоя безопасность имеет решающее значение.

Я подняла руку:

−Вы трое голые, гладите свои члены и говорите о моей безопасности. Мне трудно понять, как это связано с вашим *семенем*. Если вы просто пытаетесь затащить меня в постель, то это не лучший способ.

Дроган и Тор не перестали поглаживать себя, но решили одновременно с этим переговорить друг с другом.

−Регент сказал, что земные мужчины не обладают силой семени.

−Тогда она может не понимать причины нашей спешки.

Лев не сводил с меня глаз, но добавил:

−Нам нужно многое рассказать тебе.

Он взял меня за руку.

−Пошли.

Он провел меня через комнату к кровати, которую

я раньше не заметила. Возможно, потому, что Дроган занес меня на плече. Стиль дома–это ведь дом?–был похож на другое здание, в которое я прибыла. Деревянные полы, такой же деревянный потолок, белые стены, квадратные окна и минимальная обстановка. Судя по одежде и внешнему виду зданий, это была не высокотехнологичная планета.

Я стояла перед кроватью, глядя на место, где мужчины собирались овладеть мной. Не один, не два, а трое!

–Я расскажу тебе кое-что о Викене.

Лев встал позади меня и положил свои горячие руки мне на плечи; его тепло достигло моего тела через тонкое платье, которое было на мне надето.

–Поторопись,–сказал Дроган, чей голос стал глубже, а член... еще больше?

Лев наклонился, зашептал мне на ухо, и его горячее дыхание заставило меня вздрогнуть.

–Все мужчины на Викене носят кольца на члене. Поверь мне, тебе это очень понравится. Что касается нашего семени, оно обладает силой. Как только оно коснется твоей кожи или, тем более, заполнит киску, начнется наша связь. Остальные мужчины будут знать, что ты принадлежишь нам, а тебе это помешает домогаться членов других.

–Кажется, у меня трое мужчин. Зачем мне еще один член?

Тор улыбнулся слева от меня, обхватив рукой головку члена и не сводя глаз с моей груди.

–Действительно.

Лев наклонился, прижимая свой член к моей

заднице. Я замерла, когда его руки опустились на мои бедра, прежде чем исследовать изгиб моей талии и подняться, чтобы обхватить мою грудь. Не готовая к этому, я ахнула и завертелась, но, в то время как его ладони нежно прикасались к моему телу, его руки были как стальные балки, удерживающие меня на месте.

–Если ты покинешь это жилище без нашего семени в тебе и на тебе, пометившего тебя нашим запахом в знак наших прав на тебя, ты можешь стать жертвой любого мужчины, который захочет присвоить тебя. Ты хочешь быть со всеми тремя своими партнерами? Или предпочтешь незнакомца?

Мне было трудно разобраться даже с мужчинами, которым я была подобрана. Я не думала, что мне было бы легче с мужчиной, который не имел никакого отношения ко мне. И когда я увидела Дрогана в шеренге мужчин, я определенно *почувствовала* связь. Теперь, когда Лев прижимался к моей спине, а двое других смотрели на меня, как охотники, готовые нанести удар, я чувствовала ее еще сильнее.

–Я не хочу никого другого.

–Тогда нам пора трахнуть тебя.

–Но… вы же не думаете, что я просто лягу на спину и раздвину ноги?–я указала на кровать.–Со мной это так не работает.

–Лея,–сказал Дроган, смахнув большим пальцем смазку, соскользнувшую с кончика его члена.–С нами это тоже так не работает.

–Это… это приятно слышать.

Я была взволнована, нервничала и радовалась, что они не были агрессивными животными, хотя, если бы сначала была небольшая прелюдия, это было бы не так плохо.

–Мне придется иметь дело с тремя мужчинами сразу.

Тор подошел ко мне и отвел мои волосы в сторону; его руки мягко лежали на моих плечах, большие пальцы гладили мою шею.

–С твоей киской, ртом и задницей заполненными одновременно?

Я содрогнулась от образов, которые вторглись в мой разум. Я не была готова к такому, но моему телу определенно понравилась идея.

–Мы не возьмем тебя таким способом... по крайней мере, сегодня.

Поцеловав меня в шею, Лев начал расстегивать пуговицы на моей спине. Я не видела их, но знала, как это ощущается, когда их расстегивают по одной.

–Я... я боюсь,–призналась я, кусая губу.

–Трое мужчин могут напугать, особенно три викенца,–проворковал Лев у меня за спиной.

–Ты только что прибыла сюда, и тебе придется быть оттраханной сразу же. Мы не сомневаемся в твоих чувствах, но ты не должна бояться нас. Мы только доставим тебе удовольствие.

Тор снова поцеловал меня в шею; тепло его губ было нежным и в то же время очень возбуждающим. Это был простой жест, и он понравился мне гораздо больше, чем если бы меня бросили на кровать и принуждали к сношению.

–Мы никогда не причиним тебе вреда. Мы *никому* не позволим причинить тебе вред,–поклялся Лев.

Остальные пробормотали что-то в знак согласия.

–Я вижу, что мы тебя возбуждаем,–заметил Тор.

Я нахмурилась.

–Видишь?

Моя киска *уже была* влажной, но, конечно, они не могли этого знать.

–У тебя раскраснелись щеки,–сказал Лев.–И затвердели соски.

Я посмотрела на себя и, конечно же, мои соски выделялись на ткани моего платья, поэтому я скрестила на них руки. Разумеется, это только привело к тому, что моя грудь практически вывалилась из выреза.

–Это платье нормально для Викена?

Я чувствовала себя, как будто сошла с экрана фильма про Дикий Запад, только эти мужчины определенно не были ковбоями.

–Да,–ответил Дроган.–В то время как женщина должна быть скромной перед другими, она должна быть какой угодно, но только не скромной со своим партнером.

–Партнерами,–уточнил Тор.

–Вы... меня возбуждаете.

Признавшись в этом, я посмотрел на каждого из них.

–Но это ненормально–трахаться с тремя незнакомцами.

Они переглянулись.

–Я чувствую твою постоянную нерешительность, и мы хотим, чтобы тебе было легче. Я закрою твои глаза.

Дроган поднял длинную полоску ткани, и я закусила губу.

–Пока мы все трое будем прикасаться к тебе, ублажать тебя, ты не будешь знать, чей рот на твоей киске, чьи руки обхватывают твои груди, чей член глубоко внутри тебя. Возможно, не видя, как мы все трое занимаемся тобой, тебе будет легче смириться с ситуацией.

4

Лея

Маска на глаза? Он решил побыть извращенцем? Мысль о том, что я не смогу видеть и буду на милости этих мужчин, не заставила меня паниковать. Она заставила мою киску сжаться. Я была голой под платьем и чувствовала, как ткань скользит по моей нагой заднице. С тех пор как я прибыла на Викен, я постоянно чувствовала приступы похоти, сосредоточенные у моего клитора, и под этим платьем определенно ничего не было. Лев мог прямо сейчас задрать его и взять меня сзади. Или поднять меня, а Тор трахал бы меня в воздухе.

Боже, что со мной не так? Я хотела, чтобы они сделали все это. Хотела, чтобы они заставили меня кричать. Я хотела чувствовать, что мною владеют и меня ублажают, совершенно и полностью присваивают. Только тогда я буду чувствовать себя здесь в безопасности, только тогда перестану бояться обратной поездки на Землю.

–Л... ладно.

Я уже была не на Земле. Мне не надо было жить по земным правилам. Здесь было три идентичных горячих мужика, которые хотели отыметь меня. Зачем мне им отказывать? Не то чтобы они планировали трахнуть меня и бросить. Они были моими, также как я–их. Я была их парой.

Дроган поднял кусок ткани, чтобы закрыть мои глаза, а Тор опустился передо мной на колени. Его руки властно лежали на моих округлых бедрах. Лев взял концы повязки и завязал мягкую ткань у меня на затылке, а руки Дрогана опустились на мои крупные груди. Лев стал целовать заднюю часть моей шеи, аккуратно убирая мои волосы. Я была окружена ими и позволяла им взять контроль. Я даже не смогу видеть, кто именно трогает меня или чей член заполняет мою киску.

–Никто... Больше никто не зайдет?

–Никто,–промурчал Дроган, затем поцеловал мою шею.–Мы разделим тебя вместе, но ни с кем иным.

Тогда как мир погрузился во тьму, мгновенно обострились остальные чувства. Я нервно облизала губы. Я слышала их дыхание. Я замечала их запах. Что-то лесное и таинственное. Когда руки Лева закончили расстегивать пуговицы на спине моего платья, оно соскользнуло с моих плеч и упало, как шелк, открывающий статую. Ткань медленно скатилась с моей груди и бедер, и упала на пол к моим ногам. Воздух ласкал мою обнаженную кожу.

–Теперь мы переместимся, чтобы ты не знала, кто тебя трогает.

Я стояла одна в течение нескольких секунд. Они походили по комнате и вернулись ко мне один за другим. Я не знала, чьи руки коснулись моих грудей. Я ахнула, когда их стали мять и гладить, а по моим твердым и ноющим соскам стали проходиться большими пальцами.

Другие руки скользнули по моему животу и бедрам, затем вниз по ногам. Одна рука зацепила мое колено, заставив меня расставить ноги шире. Эта же рука пошла вверх по внутренней части бедра к киске. Он делал это не быстро, но и не затягивая.

–Такая розовая.

–Красивые соски.

–Пухлые половые губы.

Я не могла понять, кто говорил, так как их голоса были одинаковы. Я неловко переминалась под их пристальным вниманием.

–Сейчас я поставлю на ней свою метку,–я слышала, как один из них гладил свой член. Это было слышно даже при том, что мое сердце бешено колотилось.

–Ребята, я не уверена...

–И это. Она красиво украшена. Такая гладкая. Такая мягкая.

Кто-то дотронулся до моего клитора, и мои бедра дернулись от интенсивности прикосновения. Чувство было острое, яркое, и оно мощно возбуждало.

–О Боже, что... что *это* было?

–На Земле нет колец для клитора?

Я замерла на мгновение, обрабатывая информацию и чувствуя мягкие губы на своем теле. Кольцо для клитора? Чей-то палец стал гладить мою киску.

–На мне нет волос,–сказала я скорее себе, чем трем мужчинам–палец беспрепятственно скользил по мне. Я была полностью лишена растительности. Раньше я брила лобок и поддерживала его в порядке, но это было нечто совершенно иное.

Партнер, который стоял на коленях передо мной, давил на меня пальцами, губами и своим горячим языком.

–Твои половые губы такие гладкие и очень бледные. Ты розовая и распухшая, а еще ты блестишь от сладкого нектара.

Я не могла сконцентрироваться на его словах, потому что внимание привлекали не они, а то, как он поцелуем тянул за мое кольцо в клиторе. Я не видела кольца, но знала о таких пирсингах. Я представила, как язык скользит вокруг и посасывает крохотное металлическое колечко, вставленное в капюшон клитора. Он легонько щелкнул по кольцу языком, и от этого места к моему лону распространилась волна удовольствия. Мои соски затвердели, и я ахнула. Место прокола было очень чувствительным.

–Я долго не смогу продержаться, глядя на нее такую,–сказал один из них и продолжил дрочить. Я слышала, как его кулак скользит по члену,–легко узнаваемый звук мужской мастурбации. Его рука стала двигаться быстрее, и он подошел ближе.

–Я никогда... Я имею в виду, почему именно кольцо?

Стоящий передо мной на коленях продолжил играться языком с кольцом в клиторе, а его руки опустились на заднюю часть моих коленей, раздвигая их шире, чтобы у него было больше доступа, чтобы он мог использовать язык в полную силу. Чтобы он мог трахнуть меня своим языком, исследуя, полизывая и посасывая.

Мои колени подогнулись, и сильные руки подхватили меня сзади, а чувственные ласки продолжились и у киски, и у груди. Мужчина сзади прижал свой твердый член к моей заднице, и мое ухо заполнил его хриплый голос:

– Все женщины, у которых есть партнеры, так украшаются. От этого секс становится еще приятнее. Что важнее, ни у одного мужчины не возникнет сомнения, что ты принадлежишь нам.

– Коснись меня, – прорычал его голос позади меня. Я не могла сопротивляться приказу и потянулась назад, обхватив своей маленькой рукой его толстый и раздутый ствол. С его головки капала жидкость, попадая на мои пальцы. Она была горячей и скользкой, и там, где она касалась моей кожи, появлялись великолепные ощущения.

– Сильнее, партнерша. Заставь меня кончить.

Я сделала, как он просил, потому что не могла удержаться.

Всегда ли я буду чувствовать кольцо в клиторе при ходьбе? Всегда ли оно будет меня возбуждать?

– Сожми меня крепче. Сейчас же, – прорычал он.

Я чувствовала, как его член подскочил и задергался в моей руке, и из его набухшего ствола полетели плотные струи спермы. Она приземлилась на мою задницу и на низ спины. Она была теплой. Его член пульсировал, и все новые порции семени оказывались на мне. Он выдохнул после оргазма, и трое мужчин замерли вокруг меня, как будто ожидая моей реакции. Мое тело еще никогда не помечали влажными следами спермы.

Я отпустила его член. Несмотря на то, что он только что кончил, он оставался твердым. Когда я отпустила его, его руки переместились с моей талии на задницу, и он стал втирать сперму в кожу, как жидкий крем.

–Ты чувствуешь?–прошептал он.

Я нахмурилась, посчитав его действия странными. Большинство мужчин взяли бы полотенце и вытерли сперму, но он покрыл ею мою задницу, даже опустился ниже и прошелся скользкими пальцами по моим половым губам, смешивая наши соки.

Где бы он ни дотрагивался, я чувствовала тепло, как будто он втирал лечебный крем, который должен был нагреть кожу. Между ног было еще горячее, и мой клитор пульсировал и болезненно ныл. Мое внимание было сконцентрировано на его крупных, грубых пальцах, которые были скользкими от семени и медленно двигались между моих ног и по заднице.

Мужчина передо мной усердно посасывал мой клитор, а второй опустил свой горячий рот на мой сосок, мягко укусив его. Мои ноги стали ватными. Я действительно *чувствовала*, как что-то теперь движется по моему организму, словно наркотик, который оказался в моей крови. Но я не была под действием наркотика, я просто была возбужденной. Жаждущей. Пустой.

–Я сейчас упаду.

Одним быстрым движением партнер за мной

поднял меня на руки – на этот раз не закинув на плечо – и перенес меня на кровать. Нежно уложил на нее. Покрывало ощущалось прохладным под моей разгоряченной кожей. Что-то происходило со мной. Я и раньше была с мужчиной, но на то, чтобы возбудиться для секса, требовалось много времени и прелюдий. Даже тогда мне приходилось трогать себя, чтобы кончить. Раньше у меня было только два любовника, но ни один из них не мог сам заставить меня кончить. Мне всегда приходилось помогать.

Но, лежа здесь с повязкой на глазах, я чувствовала жар притяжения склонившихся надо мной трех воинов. Я чувствовала себя маленькой, беспомощной, отданной их воле. Я представила их с одинаковыми темными выражениями лица, полными похоти, жажды и неумолимого желания. Лежа здесь, я была ближе к оргазму, чем когда-либо во время секса с другим мужчиной. И это при том, что они меня еще почти не трогали.

– Семя делает свое дело, – прокомментировал один из них. Наклонившись вперед, он схватил меня за лодыжки и подтянул к себе так, чтобы я была на самом краю кровати. Опустившись на колени, он широко раздвинул мои бедра, а ноги положил себе на плечи.

– Мужчины из Третьего сектора любят лизать киски, – его пальцы оглаживали мои распухшие половые губы. – И я не исключение, партнерша. Эта киска принадлежит мне.

Он опустил голову и прошелся языком по моей щели, а затем по кольцу.

Я откинулась на кровать с мягким стоном, а его широкий язык быстрым и жестким движением проник в мою киску. На моих глазах оставалась повязка, а рот моего партнера обрабатывал мое лоно. Другой наклонился ближе и прошептал мне в губы свое обещание:

–Мы отымеем тебя, Лея. Втроем. Только после того, как ты кончишь для нас.

–Но...

Удовольствие, которое приносил мне его язык на клиторе, было слишком интенсивным. Когда он скользнул внутрь меня пальцем, моя киска сжалась, желая, чтобы ее что-то наполнило. Когда же его губы сомкнулись на клиторе, посасывая его, а пальцы согнулись внутри меня, поглаживая точку Джи,–Боже, да! Она у меня есть,–мои бедра дернулись, и я закричала. Громко.

Что со мной происходит? Я только что встретила этих мужчин–и вот я уже обнаженная лежу с широко раздвинутыми ногами, а один из них лижет и покусывает мою киску. Трое мужчин! Я просто шлюха. При транспортировке что-то произошло, и теперь я стала законченной распутной шлюхой. Но мой партнер так умело подводил меня к оргазму своим ртом, что я не могла об этом беспокоиться.

–Как хорошо,–застонала я.

–Всего лишь хорошо?–услышала я.–Давайте сделаем еще лучше.

Голос звучал так, как будто я их оскорбила. Крупная рука схватила меня за волосы, заставив откинуть голову назад, причем это было немного больно. Вместо того чтобы сопротивляться, я с тихим стоном выставила грудь вверх. Я хотела большего. Мне было нужно больше. Как будто сумев прочитать мои мысли, вторая рука опустилась на мою глотку и тихонькоо сжала ее–не угроза, а подтверждение собственности, требование проявить доверие.

Я должна была бояться, я должна была просить остановиться, но от их прикосновений я стала дикой, бездумной. Рот и пальцы одного партнера гладили мое лоно, и я полностью потеряла себя, когда горячий рот примкнул к каждому моему соску, посасывая и потягивая за них. Они удерживали меня, и я не могла ни видеть, ни возражать. Я могла только разбиться вдребезги.

Я кончила. Я кричала. Я металась. Я словно воспарила.

Я как будто покинула свое тело. Удовольствие было таким потрясающим, ярким, горячим и ослепительным, хотя у меня были завязаны глаза. Мужчины не смягчились и не дали мне и секунды, чтобы прийти в себя. Их рты продолжали двигаться, а толстые и одаренные пальцы продолжили проникать вглубь меня.

На моей коже выступил пот. Сердце тяжело билось в груди. Я не успела восстановить дыхание, когда они снова довели меня до оргазма.

Я лежала, обмякшая и пресыщенная, а тем временем кто-то снял мои ноги с плеч партнера. Большие руки толкнули мои колени к груди, и еще две пары рук схватились за мои бедра, раскрывая их для секса. Я почувствовала, как член коснулся моего входа, и металлическое кольцо на нем заскользило по моей чувствительной плоти, когда меня раскрыли и медленно заполнили. Кольцо коснулось чувствительной точки внутри меня, которую ранее пробудили прикосновения пальцев моего партнера. Моя киска была такой распухшей и тугой, такой чувствительной, что я не смогла сдержать стона.

–Я так наполнена,–прошептала я. Мой рот пересох после недавних криков удовольствия.

Я не знала, который из мужчин трахал меня. По какой-то причине от этого мне сделалось горячее, чем когда-либо в жизни. Чей-то рот соединился с моим в жгучем поцелуе. Он не был нежным, не был мягким. Я повернула голову вбок, чтобы чувствовать его рот лучше, и внутрь проскользнул его язык. Я попробовала его на вкус. Он был сладким, и мускусным, и аппетитным. Я попыталась поднять руки и погрузить ладони в его волосы, чтобы узнать, кто трахал меня, кто целовал, а кто сосал мою грудь.

Мне не позволили это сделать. Крепкие руки одного из партнеров схватили меня за запястья, держа их над моей головой. Его брат толкался в мою киску своим огромным членом до тех пор, пока я не стала мотать головой и молить их погладить мой клитор, заставить меня снова кончить, позволить мне получить разрядку.

Мужчина, который трахал меня, положил руки на мои бедра, и теперь уже он раздвигал мои ноги. Остальные стали мять мою грудь, тянуть за соски. Чьи-то руки схватились за мою задницу, раскрывая меня шире для своего брата. Жесткие пальцы погружались в мою плоть и держали меня в той позе, в которой хотелось именно им. Я не знала, кто трахал меня, и они были правы: оттого, что я не знала, было легче.

Влажный воздух заполнили звуки секса–влажное хлюпанье члена, скользящего в моей киске. Их тяжелое дыхание смешивалось с моими вздохами и стонами удовольствия.

–Она такая тугая,–от этих слов я сжалась на члене, погруженном глубоко внутрь меня. Металлическое кольцо скользило по стенкам, а колечко в моем клиторе дергалось каждый раз, когда меня заполняли. Я чувствовала приближение оргазма. На этот раз все ощущалось иначе. Сильнее. Я даже не трогала себя, что было поразительно. Я кончила дважды от рта моего партнера, и я собиралась сделать это еще раз… очень скоро, от секса.

–Это… О Боже, так хорошо,–выдохнула я в горячий рот, который целовал меня.

–Кончи, Лея. Я хочу почувствовать, как ты кончаешь на моем члене,–услышала я громкий, суровый и настойчивый приказ от трахающего меня мужчины.

Большего не потребовалось. Его слова довели меня, и я вновь выгнула спину, кончая. Рот другого партнера заглушил мои крики удовольствия. Член, который наполнял меня, не отступился, а стал двигаться быстрее, в более диком ритме. Он толкнулся в последний раз, застыл глубоко внутри, и я задержала дыхание. Когда я почувствовала, как его сперма обволакивает стенки моего влагалища, заполняет меня горячим потоком, я вновь кончила. Я чувствовала его семя, горячее и выплескивающееся глубоко внутрь, и ощущение, что меня наполняют жидкостью, было невероятно ярким.

Через несколько секунд руки, которые держали мои бедра, расслабились, член медленно вышел из меня. Внимание моего другого партнера сместилось ко второму соску. Он сосал его и тянул за него, а я стонала, пораженная тем, что желание снова назревало внутри меня, на этот раз еще быстрее. За членом моего партнера последовал поток спермы, которая стала стекать на мою задницу.

Тяжело дыша, я попыталась опустить ноги на кровать. Мне не дали.

–Мы не закончили, Лея,–партнер, который целовал меня, поменялся местами со своим братом, оказавшись меж моих бедер вместо него. Когда его толстый член вновь заполнил меня, я изогнулась, желая избежать ощущений, которые переполняли мое тело. У меня не было любовника уже много времени, а члены этих мужчин были огромны. Я не привыкла, чтобы меня обхаживали с таким рвением и тщанием.

–Не двигайся,–мой партнер сел сбоку от меня, и его рука скользнула к моей глотке так, что я задрожала, сдаваясь. Его брат укусил мой сосок, держа мои запястья над головой, а большой член вошел в меня до предела, с легкой болью нажав на вход в мою матку.

Он вышел, а потом глубоко и с силой вошел; его яйца ударились о мою задницу, головка члена толкнулась в матку, вызвав взрыв ощущений внутри меня. Моя киска горела от семени первого партнера; вещества, о которых они говорили раньше, распространялись по моему организму со скоростью молнии. Мне следовало бы посчитать саму идею абсурдной, но я не могла этого отрицать. Я не могла двигаться. Не могла думать.

Он трахал меня жестко и быстро, без всякой утонченности. Это была просто грубая животная мощь, которая толкала меня за грань, и из-за которой меня лихорадило так, что я не смогла удержаться от крика. Затем он тоже запульсировал внутри меня, и его огромный член наполнил меня еще одной порцией спермы и удовольствия.

О Боже, я скоро умру от оргазмов.

Тогда он меня оставил, и я знала, что еще не все кончилось. Мои руки отпустили, и я закусила губу, ожидая, когда меня заполнит третий член. Я ахнула, когда вместо этого меня легко перевернули на живот и сунули под бедра подушку, чтобы задница была в воздухе.

–Я не думаю, что вытерплю еще больше,–пробормотала я. Прохлада покрывала освежала мою щеку и чувствительные соски.

В воздухе раздался шлепок, и только потом я почувствовала боль в ягодице. Я дернулась от удивления, но член скользнул в мои сочащиеся половые губы и проник глубже, удерживая меня на месте.

–Ты шлепнул меня!–я не знала, на кого из братьев кричу.

–Ты примешь все, что мы тебе дадим.

Из-за того, что меня перевернули, кольцо в его члене скользило по другой части моей киски и вызывало новые ощущения. Этот брат не был нежным, но я была такой влажной от спермы и собственного возбуждения, что этого и не требовалось. Он трахал меня жестко, ударяясь бедрами о мою задницу. Чья-то рука погладила меня по волосам, другая–по длинной линии моей спины. Пальцы вновь сжали мою задницу и стали мять ее, растягивая мою киску широко для использования и удовольствия.

Я вновь была на грани оргазма, забыв обо всем,

кроме рук, которые трогали меня, члена, который наполнял меня, возбуждающих слов, которые они шептали. Именно палец, который погладил мой анус, сначала едва заметно, а затем надавив сильнее, толкнул меня через край. Скользкий от спермы, которая покрывала меня, палец скользнул прямо внутрь. Мое тело сначала напряглось, а затем расслабилось, отдавшись удовольствию, которое поглотило меня. Крик застрял у меня в горле, а воздух–у меня в легких. Мои пальцы вцепились в покрывало. Только это и руки, которые держали мою задницу, позволили мне не потерять связь с реальностью. Я была потеряна, улетела куда-то.

Раньше мне никогда ничего не делали с задницей. Я провела на Викене меньше часа, и уже в моей киске был член, а в заднице–палец. Я сжала и то, и другое, пытаясь удержать их внутри и, может, даже заставить войти глубже. Я почувствовала, как член во мне стал толще прямо перед тем, как в меня вылилась еще одна порция спермы. Он застонал,–я не знала, кто это,–и наверняка от его хватки у меня будут синяки на заднице.

В мои волосы вновь погрузилась рука–кто-то поднял мою голову с кровати и подтолкнул вперед, ближе к своему брату. Тот украл мое дыхание поцелуем, засунул язык в рот, в то время как член в киске толкался, не оставляя ничего нетронутого. Ничего святого. Ничего моего. Это тело было не моим. Оно принадлежало им, моим партнерам.

Мое тело было более чем пресыщенным, но каким-то образом они заставили меня кончить еще раз. Этот мягкий продолжительный оргазм удивил меня. Я стонала от бесконечных волн удовольствия, которые прокатывались через меня.

Член, который наполнял меня, медленно вышел, и снова кольцо проехалось по чувствительным мышцам. Палец вышел из моей задницы. Я все еще была в повязке, а две большие руки удерживали меня на месте, нежно гладя мою спину. Я была рада не двигаться, чувствуя себя хорошенько использованной, однако их продолжающиеся ласки успокаивали меня.

–Отлично, семя остается внутри.

Я была слишком уставшей, чтобы вообще думать о том, что они говорят. Мои глаза закрылись, а их руки ласкали мою кожу, как будто они не могли перестать трогать меня.

–Как думаешь, семя приживется?

–Не может же все быть так просто, не так ли?

–Сила семени уже работает. Она кончала одновременно с нами. Каждый раз. Связь сильна.

–Ее тело втягивает семя в матку.

–Пусть ее бедра будут поднятыми некоторое время.

–Она не должна потерять ни капли.

Я не понимала, кто говорил, и меня это не волновало. Я заснула безмятежно. У меня было трое мужчин, которые хотели меня, которым я нравилась и которые желали трахать меня. Может быть, жизнь на Викене не так уж и плоха.

5

Л*ев*

Мы не спали, как она, а продолжали сидеть на кровати и прикасаться к ней. Каждый из нас одевался по очереди, пока двое других оставались с ней. По молчаливому согласию мы не хотели оставлять ее одну, нетронутую, даже на минуту. Я мог чувствовать связь, которую мы теперь остро разделяли. Как будто утраченная часть меня, о потере которой я даже не знал, была найдена. Сама идея, что Лея может быть оторвана от меня, была слишком ужасна, чтобы даже думать о ней. Сила семени развилась во время нашей гонки с целью привязать женщину *к нам*, но ее эффект на меня был так силен, что болели и грудь, и член. Он пульсировал, готовый снова проникнуть в нее.

Но это должно подождать. То ли транспортировка с

Земли была тому причиной, то ли траханье, но она была изнурена. Ее рыжие ресницы овевали бледные щеки, пока она лежала на животе с приподнятой вверх задницей. На ее бледной коже виднелись красные отпечатки ладоней, временный признак нашего господства.

Трудно было не овладеть ею снова, потому что ее пышная задница и очень розовая, очень распухшая киска были полностью на виду. Только немного семени прилипло к ее складкам. То, что ее бедра были приподняты, безусловно, помогло удержать наше смешавшееся семя глубоко внутри ее матки, чтобы не только она скорее зачала, но и чтобы сила семени овладела ею. Я хотел снова погладить свой член, взять его в руку и излить свое семя на ее бледную кожу, чтобы распространить мою сущность и мой запах по каждому сантиметру ее тела, чтобы она стала моей и только моей.

Но это не сделает ее счастливой; ей нужно, чтобы мы все трое трахнули ее, пометили ее своим семенем. Ей нравилось, когда ее брали нежно. Нравилось, когда лизали ее киску. Нравился и жесткий секс. Она действительно подходила всем нам. Я мог видеть в моих братьях то же самое яростное желание, те же защитные побуждения, которые я теперь испытывал к этой женщине. Она откликнулась на каждого из нас по очереди, страстная и неистовая любовница, жаждущая всех трех наших членов. Каждый из нас умрет, чтобы защитить ее, а это был не тот обет, который воин принимает легко.

Крики с улицы были первым признаком того, что что-то не так. Мы напряглись, приняли позы готовности, переключив умы на возможную опасность. Дроган подошел к окну и выглянул наружу.

—Стрелы. Они пускают стрелы.

Первый взрыв разбудил нашу невесту, и она пошевелилась на кровати. Дроган резко развернулся и уставился на меня, сузив глаза и стиснув челюсти.

—Какого хрена Второй сектор атакует Единый Викен?

Он отошел от окна и встал передо мной; его челюсти были сжаты так же крепко, как кулаки.

—Мы не атакуем. Мы бы не стали.

Я сделал шаг ближе к Дрогану. Меня не запугать.

—Тогда почему в воздухе сотни стрел-невидимок, ищущих человеческие цели? Почему ваши взрывные команды ведут огонь по зданиям здесь?

Я подошел к окну, чтобы проверить его слова. Конечно же, это были стрелы-невидимки, используемые исключительно моим сектором.

—Второй сектор—единственный, в котором используются программируемые стрелы-невидимки,—прорычал Тор.—Что ты пытаешься сделать? Выйти из нашего партнерства? Убить одного из нас? Или оставить Лею,—он ткнул подбородком в сторону нашей невесты,—только для себя?

Лея снова зашевелилась, но не полностью проснулась. Это показывало, как сильно мы ее затрахали. Даже при нежном обращении, принимать сразу троих мужчин было утомительно. Теперь, когда возникла угроза для нас, она выглядела слишком мягкой, слишком уязвимой.

—Если ты не хотел этого делать, ты должен был

сказать это до того, как мы ее трахнули,–добавил Дроган.

Я рванулся обратно к окну, а Тор последовал за мной. В воздухе витал рой черных стрел, готовых ударить по любому движению на земле. Многие из них были черными с красными кончиками и взорвались бы при ударе. Но это не были мои стрелы, и не мои люди пускали их.

–Зачем мне это делать? Если бы я хотел невесту, я бы так и сказал. Никто из вас не запротестовал бы вначале.

–Да, но это было до того, как мы ее увидели, до того, как я ее трахнул,–прокомментировал Тор, оглядываясь через плечо на Лею, которая шевельнулась.–Мое семя сейчас внутри нее, как и твое. Она моя, и я не отдам ее.

Она проснулась с небольшим зевком и потерла лицо, а затем поняла, насколько она обнажена. Неловко поднявшись на четвереньки, она натянула одеяло на свое тело. Раздраженная подушкой, на которой лежала, она откинула ее в сторону.

С укрытым по большей части телом, растрепанными волосами и бледной плотью, все еще розовой от наших знаков внимания, она выглядела более испорченной и желанной, чем когда-либо. Белая простыня лишь подчеркивала бледное сияние ее мягкой кожи и темный шелк ее кроваво-красных волос. Она оглядела комнату, держа одеяло, чтобы прикрыть грудь.

–В чем дело?
–Второй сектор атакует Единый Викен.

Ее глаза расширились, и она, соскользнув с кровати, подошла к нам.

–Что такое Второй сектор?

Она была прикрыта от груди вниз, и только ее стройная нога выглянула, когда она шла. Ее плечи были обнажены, и мне хотелось поцеловать ее там. Дроган схватил ее и толкнул себе за спину.

–Держись подальше от окна.

–Это не Второй сектор, черт побери,–повторил я, проводя рукой по волосам.–Думайте, братья. Мы не знали причину приглашения регента, пока не прибыли сюда. Он рассказал всем нам вместе как раз перед тем, как ее транспортировали.

–Что такое Второй сектор?–повторила Лея.

–Это место, где я живу.

Тор и Дроган приумолкли, и я воспользовался этим. По крайней мере, они слушали. Это больше, чем было бы до того, как мы обзавелись общей невестой.

–Зачем мне планировать что-то подобное? Думайте стратегически. Стрелы явно из Второго сектора. Если бы это была моя атака, я бы обязательно использовал что-то другое, чтобы отвести обвинения. Возможно, один из вас запланировал это и намеревается свалить на меня.

Они обменялись взглядами.

–Кто-то притворяется, что он из Второго сектора, чтобы мы вцепились друг другу в глотки,–сказал Дроган.

Именно это я и предполагал.

–Если мы будем сражаться друг с другом, Лея не будет оплодотворена. Союз трех наших секторов потерпит крах.

Мы все посмотрели на нашу невесту, растрепанную и хорошо оттраханную, выглядывающую из-за широкой спины Дрогана.

–Возможно, она уже зачала ребенка,–прокомментировал Тор.–Мы вложили в нее достаточно семени.

–Оплодотворена?

Она выступила из-за спины Дрогана.

–Что вы хотите этим сказать?

Очевидно, женщин на Земле оплодотворяли не так, как на Викене.

–Ты должна дать нам единственного истинного лидера Викена,–сказал ей Тор.

Теперь она вышла из-за Дрогана полностью.

–Значит, вы трахали меня, потому что я племенная кобыла, потому что вам нужен ребенок для какого-то дурацкого союза, а не потому, что вы хотели меня?

Боль, смешанная с гневом, окрасила ее слова. Я видел полное крушение надежд в ее глазах и в том, как поникли ее плечи.

–Я не знаю, что такое племенная кобыла, но это звучит не очень хорошо. Мы хотели тебя, Лея,–сказал я, подойдя на шаг ближе.

Она отступила, отводя взгляд.

–Боже, мужчины везде одинаковы,–проворчала она.–Я покинула Землю, чтобы уйти от козла, желавшего владеть мною, как своей собственностью, а теперь у меня их трое.

–Сейчас у нас нет времени для объяснений,–сказал ей Дроган.–Это выходит за рамки плана регента, разве что он знал об обмане со стороны повстанческих группировок или какого-то нового врага.

–Врага, который притворяется, что он из Второго сектора,–сказал я.

—Тогда мы соглашаемся работать вместе?—Тор взглянул на нас с Дроганом, и мы бросили друг на друга одинаковые взгляды. Раздражение, гнев, стремление защитить.

Защитить. В этом было дело.

—Им нужна Лея.

Тор и Дроган умолкли.

—Это было бы отличной причиной для желания перессорить нас друг с другом,—добавил Тор.

—Кому?—спросила она.—Кому я нужна?

Кроме трех мужчин, подобранных для нее? Кроме трех мужчин, которые оттрахали ее и дали ей свое семя? Кроме мужчин, силы семени которых она скоро будет жаждать?

—Мы не знаем, но это наша обязанность, наша привилегия—обеспечить твою безопасность,—сказал ей Тор.

—Да,—согласился Дроган.

- Мы боимся, что ты можешь быть целью для группы мятежников, стремящихся разделить планету и не желающих, чтобы ты родила единственного истинного наследника,—сказал я.

Тор подошел к окну, затем опустил шторку.

—Мы должны разделиться и покинуть Единый Викен.

Единый Викен был нейтральной территорией. Небольшой городок, расположенный на острове, позволял всем секторам посещать мирные собрания. Представители секторов встречались редко; я никогда не встречал своих братьев до сегодняшнего дня. Возможно из-за того, что мы были идентичны, или потому, что теперь у нас была общая цель, особенно с действующей на нас силой семени, я чувствовал, что наши различия исчезают. До сих пор мы сосредотачивались на том, чтобы быть хорошими и ответственными лидерами в наших секторах. Но сейчас? Сейчас мы держались вместе ради Леи.

–Да, мы можем встретиться снова, где-нибудь в нейтральном месте, где никто не узнает одного из трех лидеров секторов или их невесту.

Я расхаживал, говоря это, а Лея смотрела на нас настороженными и обиженными глазами.

–Викенский центр обучения невест?–предложил Тор, и чем больше я раздумывал, тем лучше звучала эта идея.

–Трахалка?

Прозвище прилипло, потому что каждый мужчина на планете точно знал, что происходит в изолированных хижинах, построенных на территории учебного центра. Женщин обучали, шлепали и трахали, чтобы приучить к подчинению. Вот бы взять Лею туда, связать ее, задрать ей задницу для моей жесткой порки, широко раздвинуть ноги для моего члена... При этой мысли мне пришлось передвинуть свой член в штанах. Во Втором секторе мы господствовали над нашими женщинами, удовлетворяли каждую их потребность и каждое темное желание. Мы добивались, чтобы они никогда не посмотрели на другого, никогда не нуждались в другом, никогда не имели тайных фантазий, оставшихся неосуществленными. Мне не терпелось обнаружить темные фантазии, скрывающиеся за невинными глазами Леи.

Викенцы построили центры обучения невест, которые часто использовались воинами по возвращении с фронтов войны с Ульем в глубоком космосе. Воины Викена служили на межзвездных линкорах, сражаясь с Ульем, как это делали воины со всех планет-членов Коалиции. Хотя их посылали меньше, чем в прошлом, ловкие и умелые мужчины все еще были на передовой. Воинам, которым посчастливилось получить поощрение и звание офицера, предоставлялись невесты по программе Коалиции, прежде чем они возвращались домой. Центры обучения для пар обеспечивали конфиденциальность, безопасность и оборудование, необходимое для обучения новой невесты.

–Они будут искать нас троих с Леей,–сказал Дроган,–а мы дадим им только одного мужчину и одну партнершу.

Тор понял сразу.

–Быть идентичными, безусловно, полезно.

Лея выглядела сбитой с толку, но молчала.

Дроган пошел в ванную и вернулся с ножницами.

–Лев, они подделываются под людей твоего сектора, а это значит, что ты должен взять Лею. Как будто мы поверили, что это стрелы Второго сектора, и ты забираешь ее домой.

–Да, неплохая идея,–согласился я.

–Нет,–сказала Лея, глядя в пол, а затем обвела нас взглядом. Она выглядела уже не растерянной, но спокойной и сосредоточенной.

–Я не знаю, что происходит, но если я собираюсь получить ответы от вас троих об этом самом оплодотворении, мы должны сначала найти безопасное место, верно?

Мы кивнули.

—Тогда у меня есть идея,—продолжила она.

—Мы очень хотим это услышать,—сказал Дроган, скрестив руки на груди.

Лея улыбнулась.

—Игра в наперстки.

Я не знал, что такое игра в наперстки, но, когда она объяснила, я понял, что наша невеста не только красива, но и умна, и хитра. Безжалостное сочетание, которое идеально подходило нам троим.

Лея

Я НЕ ИМЕЛА НИКАКОГО ПОНЯТИЯ, что происходит. Реально никакого. Мужчины упомянули, что кто-то пускает стрелы, и я была в замешательстве. Стрелы! Из-за длинного платья и устаревшего вооружения мне казалось, что я оказалась в Шервудском лесу, а не на Викене. Меня одолело любопытство, и я захотела увидеть эти стрелы, но Дроган не разделял моего желания. Он задвинул меня себе за спину, отгородив от окна. Сначала я была обеспокоена его манерами пещерного человека, но потом поняла, что он защищал меня, загораживая своим телом от опасности.

Я не понимала их разговоров о секторах, но в политике разбиралась. Мой отец был высокопоставленным членом городского совета до своей смерти, и я слушала много разговоров за ужином, где с рукопожатиями заключались сделки и подписывались контракты. Какое-то время я следовала по его стопам, выступая в роли городского клерка низкого уровня, стремясь подняться по служебной лестнице и, в конечном счете, баллотироваться на должность. Но это было до встречи с моим женихом. Он убедил меня бросить работу и стать более зависимой от него. Еще тогда мне следовало понять, что тут что-то не так.

Здесь и сейчас, в этом инопланетном мире, кто-то пытался добраться до меня через трех мужчин, разделить их–не географически, а вызывая подозрение и играя на старом недоверии. Мне казалось, что их связь как братьев была сильнее, чем их принадлежность к тому или иному сектору. Возможно, дело было в невероятно сильных чувствах, которые я испытывала к ним. Я сразу поняла, когда стояла перед Дроганом в той веренице мужчин, что он был моей парой. Но сейчас это чувство стало еще сильнее.

Тяга, которую я чувствовала к этим трем мужчинам, была сильной. Я нуждалась в них, мне нужны были их прикосновения и их семя, и это было полным безумием. Их семя! Мне казалось, что я жажду наркотика. Они упомянули силу семени, а я опять-таки понятия не имела, что это значит. У меня было так много вопросов, но время для них было не подходящим. Нам нужно было сбежать от тех, со стрелами, и у меня была идея. К счастью, они оказались не до такой степени старомодными, чтобы не слушать женщину. После того, как я сказала им, они улыбнулись, довольные планом.

Дроган вручил мне ножницы и опустился на колени у моих ног.

–Обрежь их, чтобы были как у Лева,–сказал он.

На коленях он оказался такой высоты, что я легко могла подстричь его длинные волосы. Я обрезала их, затем немного более длинные локоны Тора, чтобы у обоих они были как у Лева. Это не заняло много времени, и вскоре все трое выглядели одинаково, если не считать шрама на брови Лева. Но эта разница была незначительной. Издалека это было бы совершенно незаметно. Дроган на минуту ушел и вернулся с черными одеяниями, такими же, как у Лева. Тор и Дроган переоделись в новую одежду, и когда они трое встали передо мной, у меня отвалилась челюсть. Они действительно были совершенно одинаковы. Но теперь я могла их различать. Я чувствовала их: мрачность Лева, гнев Тора, гордость Дрогана. Каждый из них притягивал меня, сила семени каждого была неповторима для меня, но жаждала я их всех.

Я была знакома с ними менее двух, может быть, трех часов, но я знала все это. Это было безумно. Все было безумно с тех пор, как я прибыла. Но приятное ощущение их семени, скользящего по моим бедрам, было как наркотик, и мне, похоже, очень нравилось безумие.

Когда Лев подал мне мое платье, я поняла, что проделала всю стрижку волос, лишь прикрывшись простыней. Только тогда я ощутила свое тело. У меня ничего не болело, но я чувствовала, что мною хорошо попользовались. Моя киска ныла, и я снова ощутила свой клитор, кольцо в котором постоянно дразнило. По правде говоря, оно заставляло меня жаждать большего. Быть оттраханной тремя мужчинами, одним за другим, было недостаточно. Я хотела еще. Снова и снова.

—Готова?—спросил Тор.

Я кивнула. Другие мужчины содрали с постели белье и соорудили обманки.

—Доберемся до воды и встретимся этим вечером,—сказал Лев.

Дроган кивнул.

—Возьми ее, Лев. Оставайтесь в трахалке, пока мы не соберемся вновь, чтобы обдумать наши дальнейшие шаги. Но не трахай ее, брат. Пока она не будет оплодотворена, мы должны делиться ею каждый раз.

Лев обернул меня простыней и поднял на руки, не дав мне времени подумать об оплодотворении. Мне было приятно в его руках, как будто я возвращалась домой. Дроган наклонился и быстро поцеловал меня, прежде чем полностью накрыть простыней.

—Подожди,—сказал Тор.

Он откинул простыню, тоже поцеловал меня и снова закрыл мне лицо.

Я не могла видеть, что случилось потом, но мне было спокойно на руках Лева. Как только мы оказались снаружи, донесся звук голосов, и раздались крики, затем Лев побежал. Меня положили на что-то твердое, но это что-то качалось. Вдруг я двинулась куда-то, скользя. Я не могла понять, что происходит, пока не услышала плеск воды. Лодка. Я лежала тихо и неподвижно, пока Лев не пробормотал:

—Ты можешь снять простыню с головы, но не поднимайся, пока я не буду уверен, что мы в безопасности.

Хотя я не могла пока сказать, что план сработал,— Дроган и Тор несли по связке подушек, завернутых в простыни, в качестве обманок,—мы были вне опасности. Если группа, напавшая со стрелами, была предана конкретному брату, они побоятся его убить. Как убежали другие братья, я не знала. Я просто знала, что скоро мы снова будем вместе. Мое тело ныло, жаждая всех троих моих мужчин, и я чувствовала себя так, как будто мне необходимо, чтобы они снова были со мной, иначе я умру.

Отодвинув ткань с лица, я глубоко вдохнула влажный воздух. В синем небе виднелись облака. Не знай я правды, могла бы подумать, что все еще нахожусь на Земле. Только две висящие в небе луны напоминали о том, что это был мой новый дом, новая жизнь. Я отвела взгляд от неба и увидела Лева с веслом в руках. Каждый раз, когда он его поднимал, с деревянной лопасти капала вода. Похоже было, что мы плыли в деревянном каноэ—судя по тому, как лодка скользила по воде и какой длинной и узкой она была. Я чувствовала запах воды, чей соленый привкус наполнял воздух. Я долго наблюдала за мужчиной, который совсем недавно трахал меня. Моя киска ныла от бурного секса. Не он ли поимел меня первым? Вбивался ли в меня, широко раздвинув мои бедра, или перевернул и взял сзади?

У меня тогда были завязаны глаза, и я понятия не имела, кто из них что делал со мной. Все трое вместе овладели мною. Неважно, чей член заполнил меня, они все трахнули меня. Но по какой-то причине я хотела знать, какое прикосновение принадлежало ему, какой твердый член принадлежал ему.

Я изучала его. Сходство между братьями было поразительным. Сильная челюсть, покрывающая ее щетина. Они не дали мне возможности дотронуться до нее, но я гадала, окажется ли она мягкой или будет царапать мою ладонь. Его глаза были темными, намного темнее, чем волосы. Загорелая кожа указывала на то, что он проводил много времени на открытом воздухе. Шрам, который рассекал его бровь, был доказательством того, что он бывал в опасности. То, что все трое не запаниковали, когда началась атака, добавило доказательств. Эти мужчины были воинами.

–Вы все трахнули меня лишь во имя долга,–сказала я тихим голосом.–Никто из вас не хотел невесты.

Я быстро погружалась в какое-то лихорадочное состояние. Мои эмоции менялись так быстро, что внутри у меня все перемешалось. Замешательство, обида, страсть–все сразу. Так много всего случилось со мной всего за несколько часов,–и я не имела в виду лишь то, что меня трахнули три незнакомца,–что я была ошеломлена. Если бы я была на Земле, я бы сказала, что это гормоны. Здесь, возможно, это была та странная сила семени. Так или иначе, какой-то неведомый мне враг пытался завладеть мною с темной целью, о которой я могла лишь гадать. А для моих партнеров я была просто детородной машиной, и все.

Лев оглядывался по сторонам, вероятно, высматривая возможную опасность. Он не смотрел на меня, когда отвечал.

–Викен–сложное место, Лея. Были десятилетия войны и очень хрупкий мир. Мои братья и я–истинные лидеры Викена. Нас разлучили в младенчестве и использовали, чтобы поддерживать этот мир, но за счет разделенной планеты. Именно ты и наш ребенок должны снова объединить всех викенцев.

Я лежала в деревянном каноэ,—простом каноэ,—а в моей утробе было столько власти? Как могла я, простая Лея с Земли, обладать такой силой? И я заметила, что он не ответил на мой вопрос.

—Вы не хотели меня, Лев. Ни один из вас не хотел меня. Вы просто хотите спасти свой мир, оплодотворяя меня.

Конечно, он слышал презрение в том, как я произнесла это слово.

Я хотела детей, когда-нибудь, но не потому, что ребенок нужен для всепланетной гармонии. Я хотела иметь ребенка с мужчиной,—не с тремя,—который так же, как и я, желал бы бессонных ночей, первых шагов, наблюдения за тем, как человек превращается из беспомощного младенца во взрослого. Я хотела, чтобы мой ребенок был творением любви, а не политической выгоды.

Его взгляд встретился с моим и удержал его.

—Нет, я не хотел невесты,—хотя он не отрицал этого, острая боль от его слов не стала слабее.—Нас всех троих вызвали сегодня в Единый Викен под ложными предлогами. Тобой помахали перед нами, как особой конфеткой. В последний раз мы с братьями были в одной комнате вместе, когда нам было по четыре месяца.

—И вас разлучили, послали расти в разных секторах?—спросила я, вспоминая обрывки их слов.

Я не могла себе представить, как можно вот так разлучить братьев или сестер, и к тому же по политическим мотивам. Я слышала, что близнецы могут читать мысли друг друга. Слышала, что они не могут быть порознь, что это причиняет им боль. Я даже слышала, что они знают, когда умирает их близнец. Но тройняшки, разлученные в столь раннем возрасте? Мне было больно за них. Возможно, я была не единственной жертвой.

Лев кивнул.

—Когда наших родителей убили.

Он перебросил весло на другую сторону, и лодка слегка повернулась.

—Наше разлучение сохранило мир, спасло много жизней. Но недостаточно. Этого не достаточно. Теперь мы сосредоточены на том, чтобы убивать друг друга, а не защищать планету. Наши воины успокоились и забыли об истинной опасности для нашего народа. Ты им напомнишь. Наш ребенок объединит их.

—Как вы можете верить в это? Вы трое собрались вместе ради меня всего несколько часов назад, и уже начались боевые действия.

Он наклонил голову и взглянул на меня.

—Всегда были раздоры, но сила, которой ты будешь обладать, огромна. А среди нас есть те, кто не желает мира.

—Откуда у меня сила?—спросила я, высказав то, о чем раньше думала.—Я просто женщина с Земли, которая покинула ее, потому что...

Я прикусила губу, не желая открыть ему, насколько слабой я была на самом деле. Если я та самая женщина, мать, связующее звено между этими мужчинами и рождением ребенка, которому суждено стать лидером целой планеты, Леву не нужно знать, что я неудачница, что была помолвлена с опасным и злым человеком, верила в его ложь.

–Ты обладаешь большой силой, потому что мы решили дать ее тебе,–ответил он.

Я нахмурилась.

–Я... я не понимаю.

–Теперь я начинаю осознавать, что наш союз в действительности никогда не был выбором. Связь между партнерами слишком сильна. Ты почувствовала это, когда оказалась лицом к лицу с Дроганом в шеренге мужчин.

Я не могла этого отрицать.

–Но именно сила семени, которая сейчас соединяет нас, делает нас четверых опасными для тех, у кого не совсем добросовестные планы.

–Я слышала, как вы говорили об этом раньше. Сила семени?

–Семя из члена викенца, когда оно касается его партнерши, когда наполняет ее киску, химически объединяет его с партнершей. Это изменяет наши тела на клеточном уровне, как изменит и твое. Я знаю, что ты чувствуешь тягу между нами, ноющую потребность, вызывающую привыкание силу.

Я покачала головой, отказываясь от правды. Изменило меня на клеточном уровне?

–*Как ты себя чувствуешь?*

Он обшаривал меня взглядом, и я покраснела, радуясь, что он не может видеть, как мои соски затвердевают, моя киска сжимается. Пока я молчала, он властно смотрел на меня своими темными, но спокойными глазами. Я могла утонуть в его глазах, забыться и потеряться в них.

–Лея, я тот брат, который свяжет тебя и заберет то, чего хочет от тебя. Именно я переброшу тебя через колено и отшлепаю по заднице за то, что ты шалишь.

Я разинула рот и почувствовала, что страх оживает. Итак, я сделала это снова? Доверилась козлу, который будет бить меня, который...я даже думать не могла об этом.

–Ты... ты будешь бить меня?
–Бить тебя? Никогда.

Он медленно покачал головой.

–Я буду требовать послушания. Я также доставлю тебе удовольствие. Изысканное удовольствие. Я буду следить за твоим пульсом и твоим дыханием. Я буду знать, когда ты лжешь, когда пытаешься скрыть что-то, когда тебе действительно нужно кончить, и когда ты просто позволяешь своему телу управлять тобой.

Настала моя очередь качать головой.

–Нет.
–Тебя не подобрали бы для меня, если бы ты не хотела, чтобы я завладел тобой, Лея. Представь, как я привязываю твои запястья к изголовью кровати, чтобы управиться с тобой. Представь, как вместо пальца я вставляю в твою задницу свой член. Представь, как я сдерживаю твой оргазм, пока ты не закричишь, пока не потеряешь контроль. Пока я не прикажу тебе кончить от моего члена или языка.

Значит, это Лев овладел мною сзади, сунул палец в мое девственное анальное отверстие, сильно трахнул меня, на грани боли, прежде чем заставил меня взорваться? О боже, я была в равной мере унижена и возбуждена.

–Сила семени влияет не только на тебя. Она влияет и на меня. На Тора и Дрогана тоже. Сейчас они наверняка чувствуют это острее, потому что они не рядом с тобой. Скажи мне. Как. Ты. Себя. Чувствуешь?

Каждое слово было обрезанным и напряженным, и резкие нотки в его голосе заставили меня ответить, не задумываясь.

—Я не знаю, *что* именно я чувствую. Страсть, желание, возбуждение. Боль.

—Желание наших членов?

—Да, но боль, потому что... потому что их здесь нет.

—Тора и Дрогана?

Я облизнула губы, беспокоясь, как бы он не подумал, что я хочу других вместо него.

—Да. Я... мне их не хватает.

—Молодец.

—Ты не будешь шлепать меня или связывать?

Его глаза сузились.

—Я сделаю и то, и другое, и тебе это понравится.

Я не знала, что еще сказать, и не хотела продолжать гадать, почему я была так очарована, так возбуждена его очень непристойными планами, даже после всего, что случилось со мной на Земле, поэтому я сменила тему.

—Куда мы направляемся?

—В отдаленный центр, используемый для обучения новых партнерш. Большинство партнеров не подобраны друг для друга, как мы, но многие воины возвращаются с войны, и они не знают друг друга. Чтобы партнерство стало успешным, может помочь посещение такого центра. Этот центр—самый отдаленный, самый изолированный. Он для самых непокорных женщин Викена.

—Ты думаешь, что я непокорная? Серьезно? Я с

Земли, а не непокорная,–пробормотала я.

Он не очень умел ухаживать. Не многое из того, что он сказал,–о моем настроении, о своем желании связать меня,–располагало меня к нему. Тем не менее, я отчаянно хотела его и не могла этого отрицать.

–Ты была довольно восприимчива, когда мы трахались с тобой раньше, но тебе нужно больше приспосабливаться к новым партнерам, чем обычной женщине Викена.

–О? Как это?

–Начнем с того, что ты не была девственницей, поэтому мы должны оторвать тебя от любой прошлой связи.

–Уверяю тебя,–проворчала я, думая о своих земных любовниках. После всего траханья, только что пережитого мною, я могла сказать, что они были явными ничтожествами.–Нет прошлых связей. Как ты думаешь, я была бы здесь, на другой планете, если бы они были?

–Мы не знаем об этом, как и ты не знаешь нас. Даже при наличии силы семени ты будешь обязана удовлетворять все три наших сексуальных потребности, к которым ты подошла, но, как ты только что доказала, скорее всего откажешься.

–Я ни от чего не отказывалась,–возразила я.–Я трахнулась с тремя незнакомцами через несколько минут после своего прибытия.

Как бы ни была огорчена мною моя мать,–она бы перевернулась в гробу, если бы знала,–мне понравилась каждая минута. Я смотрела на горизонт справа от меня, наблюдая, как две большие луны начинают подниматься, как тихие золотые диски, в темнеющем небе. Горстка звезд появилась среди облаков, но я не узнала ни одной из них. Воздух, пропитавшийся водой, стал прохладнее, когда большое оранжевое солнце село слева от меня; холод просачивался сквозь покрывало, вызывая мурашки по коже. Я чувствовала, как мои соски окаменели, но игнорировала их. Я не нуждалась в этом прямо сейчас, не с Левом, уставившимся на меня так, будто он хотел наброситься на меня и оттрахать до бесчувствия.

Он наклонил подбородок в мою сторону.

–Сними простыню и подними платье. Я хочу увидеть твою киску.

Глядя на него широко раскрытыми глазами, я вскрикнула:

–Что? Но ведь холодно.

–Я думал, ты не будешь отказывать мне. Если не хочешь быть наказанной, повинуйся мне сейчас. Покажи мне свою киску.

Хотя мне нравилось, что он жаждал моего тела, я не была готова выполнить его просьбу, потому вместо этого спросила:

–Неужели никто не задумается о трех близнецах, блуждающих вокруг этого так называемого центра для непокорных невест?

Лев поднял бровь, вздохнул, но ответил на мой вопрос.

–Они не увидят трех мужчин; они увидят только одного. Никто там не знает, кто мы, никто не знает, что мы тройня. Уверяю тебя, все в центре будут... заняты своими собственными делами.

Я могла представить, чем они будут заняты. Будут трахаться. Связывать женщин и заставлять их кричать от удовольствия. Заставлять их умолять. Мой клитор запульсировал вокруг крошечного кольца при этой мысли.

–Мы не будем выходить на люди вместе, как группа,–продолжил он.–Ты будешь с одним из нас все время, но вчетвером мы будем собираться лишь в пределах нашей трахальной хижины.

–Трахальной хижины?

Серьезно? Этот мир такой примитивный? Я чувствовала себя так, как будто отправилась в прошлое.

–Я всегда полагала, что Земля–наименее развитая планета с самыми примитивными людьми.

–Мы намного более продвинуты, чем Земля, уверяю тебя. Мы просто выбираем более простой образ жизни.

–Как каноэ.

–Как каноэ,–повторил он.–Теперь покажи мне свою киску.

Он был очень целеустремленным мужчиной.

–А что, если я не хочу?

–Своим непослушанием ты уже заработала порку, поэтому, если ты снова откажешься, это лишь сделает наказание более долгим.

–Ты заставляешь меня разоблачаться перед тобой!

Он улыбнулся.

–Заставляю. Но тебе это понравится. Я обещаю.

–Ты меня отшлепаешь, если я не сделаю, как ты говоришь?

Он рассмеялся, задрав голову к небу и выставив шею; его кадык подпрыгивал.

–Я отшлепаю тебя в любом случае, подруга.

Его усмешка была озорной, когда он посмотрел на меня. Как будто ему не терпелось сделать это. Я опустила взгляд пониже. Судя по толстой выпуклости в передней части его штанов, ему очень хотелось.

–Решай сама, хочешь ли ты кончить, когда я это сделаю.

Он казался терпеливым мужчиной, потому что я не торопилась решать. Я взглянула на небо Викена, затем на него. Он снова пристально глядел на меня, гребя без усилий; мускулы на его плечах и руках перекатывались. Вода капала с конца весла, ветер трепал мне волосы. Все было так спокойно. Так просто. Но было ли?

Да, раньше я позволила троим мужчинам овладеть мною, но *это*–это воспринималось иначе, как что-то более интимное. Он хотел этого,–нет, требовал этого,–и я должна была решить, уступлю ли. Мой разум говорил мне «нет», но мое тело, боже, мое тело говорило «да». Возможно, он читал мысли, потому что заговорил, не сводя глаз с пейзажа.

–Мой член твердый как камень. Это может быть сила семени, но я хочу тебя. Дроган отведал твою киску, и у меня тоже слюнки текут сделать это. Интересно, такая ли ты сладкая, как я себе представляю. Я слышал, что когда женщина впервые вступает в контакт с семенем своего партнера, желание очень мощное. Вроде бы со временем оно затухает, но на это уйдут годы, если не десятилетия.

Десятилетия таких ощущений? Я облизнула губы от его развратных слов. Разве я им не надоем?

–Твои соски должны быть твердыми, а твой клитор... твой клитор должен быть набухшим и очень чувствительным благодаря кольцу. Бьюсь об заклад, каждый раз, когда ты двигаешься, кольцо заставляет тебя отчаянно желать, чтобы мой рот попробовал твою киску.

После его непристойных слов я сбросила с себя простыню: слишком тепло я была укутана ею и своим длинным платьем. Улыбка изогнула его губы, но он не стал комментировать мою капитуляцию.

–Твои собственные соки и наше семя, должно быть, сейчас покрывают твои бедра.

Он повернул голову, чтобы посмотреть на меня. Пронзая меня взглядом так, как будто меня поразила одна из тех стрел.

–Покажи мне, Лея.

Я сосредоточилась исключительно на нем, забыв обо всех причинах, по которым я не должна была этого делать. Я понемногу приподнимала пальцами подол своего платья.

–Раздвинь ноги для меня.

Я лежала лицом к нему, поэтому раздвинула ноги и подняла ступни на скамейку перед собой. Когда я прижала колени к бортам лодки, чтобы быть полностью открытой и готовой для него, прохладный воздух пронесся над моей киской.

Его глаза сузились, а веки опустились. Я видела, как его челюсти крепко сжались, а член набух в штанах.

–Если бы я не греб, мое лицо было бы между твоих ног.

Тихий стон сорвался с моих губ.

–Ты вставишь три пальца глубоко в свою киску и будешь держать их там, пока мы не прибудем. Тебе не разрешается двигать ими и не разрешается кончать.

6

Дроган

На то, чтобы из рационального стать совершенно безумным, у меня ушел всего час. В одну минуту регент сообщил нам о партнерше, которую нашел для меня,–нас,–а в следующее мгновение она была перенесена сюда с Земли. Когда я увидел ее впервые, я почувствовал связь. Когда я лизал ее киску и пробовал ее на вкус, я знал, что она моя. Но когда я кончил внутри нее, сильнее, чем когда-либо в жизни, я понял, что обречен. Может, чертова сила семени и повлияла на Лею, но во мне она безусловно устроила хаос.

Мы разделились, когда посыпались стрелы-невидимки, и договорились встретиться в трахальной хижине в центре тренировок. Как только мы разлучились, ее влияние на меня стало очевидным. Лея отправилась с Левом в одном направлении, я–в другом, а

Тор–в третьем. Я остро чувствовал нашу разлуку, как будто меня лишили конечности. Я чувствовал боль внутри: не только мой член стоял, но и мое тело болело, желая ее. Я знал, что Лев защитит ее ценой своей жизни. Но я не смогу стать целым, пока не дотронусь до нее снова.

К тому времени, как я прибыл в викенский центр тренировки невест, упала тяжелая завеса тьмы. Я проник в хижину, которую мы выбрали. Когда я обнаружил там ждущего Тора, я понял, что он испытывал те же чувства. Мы с ним практически не знали друг друга,–совсем не знали,–но каждый мог посочувствовать другому касательно нашей общей реакции на Лею или на отсутствие Леи.

–Если Лев не привезет ее скоро, я, наверное, из кожи вон вылезу,–сказал он, и в его голосе слышалось раздражение и немного гнева. Так как хижины были расположены на расстоянии друг от друга, и в основе этого места лежала приватность, я не волновался о том, что кто-то постучится в дверь. Половина комплекса использовалась для тренировки новых невест, а вторая–для обработки невест, которые отправлялись в другие миры, к другим воинам, на другие планеты. В любом случае, поддерживалась уединенность.

Никто бы не потревожил нас, но Тор опустил драпировку окон перед тем, как мы зажгли светильники.

–Я знаю. Мне нужно кончить, черт, мне необходимо это сделать, но не думаю, что моя рука мне в этом сильно поможет.

Тор усмехнулся.

–Мы росли, ненавидя друг друга, и меньше чем за день мы помирились. Кто-то пытается нас разделить. Мы братья, но в то же время незнакомцы, а теперь мы нуждаемся в одной и той же женщине. Разве мы не должны быть готовы перегрызть друг другу глотки? Я должен желать прикончить тебя за одну мысль о сексе с моей партнершей. Но она и твоя партнерша тоже.

–Странно, но я не ревную к тебе,–я посмотрел на мужчину, который выглядел точно как я.–Если бы это был кто-то еще, не ты и не Лев, а посторонний…

–Он бы был мертв.

Я бы разорвал его на кусочки.

–Согласен.

Окинув просторную комнату взглядом, я пропустил базовые удобства: зона для приготовления пищи, ванная, стол и стулья. Вместо этого я сосредоточил внимание на оборудовании для совокуплений. Скамья, предназначенная для секса: женщина на ней могла лежать с опущенной головой, чтобы семя, которое ее заполняло, оставалось внутри. Это не только помогало ему прижиться, но и обеспечивало работу силы семени. Зная Льва, вскоре эта скамья будет эффективно использоваться для шлепков.

–Как только она сюда прибудет, мы научим ее, как нужно быть партнершей на Викене. Секс, который произошел раньше, был просто подготовкой. Он был нужен, чтобы в нее попало наше семя, чтобы она была защищена от остальных. Здесь будет не слишком трудно натренировать ее тело, чтобы оно могло принять троих мужчин.

–Она прекрасно приняла нас раньше. Если так я

себя чувствую после одного секса, мы можем не беспокоиться о том, чтобы оплодотворить ее.

Я открыл шкафчик и обнаружил множество сексуальных аксессуаров, которыми центр снабжал все трахальные хижины. Дилдо, пробки, веревки, небольшие цепи, паддлы и много еще чего. Все, что мужчине может потребоваться, чтобы использовать на своей партнерше.

–Если она еще не зачала, наши усилия точно принесут нам удовольствие.

Тор только буркнул что-то в ответ, затем поправил свой член в штанах.

Звук шагов по мягкой земле нарушил ночную тишину. Лев вошел через дверь вместе с Леей. Страдания, которые я испытывал с тех пор, как мы расстались, исчезли. Их заменило чувство эйфории, как будто я принял какой-то наркотик. Она была в том же простом платье, а ее волосы теперь были всклочены и перепутаны. Ее щеки пылали, и она дышала так, как будто бежала сюда, а не приплыла на лодке.

Мы с Тором одновременно шагнули к ней, а она подбежала к нам и обняла обоих одновременно. Ее пальцы вонзились в мою спину, и она вдыхала наш запах, уткнувшись сначала в мою грудь, а затем в грудь Тора.

Ее аромат был словно мощнейшим афродизиаком. Я не смог сдержать стона.

Лея отодвинулась и посмотрела на нас дикими глазами.

–Мне нужны вы оба. Боже, это безумно, но мне необходимо, чтобы вы меня коснулись.

Она потянула свое платье, но из-за того, что пуговицы располагались на спине, она стала терять терпение.

Тор взял ее за плечи и развернул, чтобы она стояла спиной к нему. Вместо того чтобы расстегнуть пуговицы по очереди, он потянул за платье с двух сторон так, что пуговицы разлетелись, ударяясь о деревянный пол. В этот раз Лея уже не стеснялась.

Он быстро стянул платье с ее тела, и она предстала перед нами обнаженной.

–Когда у женщины на Земле появляется партнер, у нее есть период тренировок?

Она развернулась, и я посмотрел на ее полные, округлые груди. Бледно-розовые соски встали по стойке смирно, и у меня потекли слюнки от желания их попробовать. Ниже я видел колечко, которое свисало с ее торчащего клитора.

–Период тренировок?–теперь она тяжело дышала, и ее груди поднимались и опускались.

Мы подошли ближе.

–На Викене некоторые мужчины приводят своих партнерш в центр тренировок, потому что женщинам требуется больше времени, чтобы научиться, как следует подчиняться,–сказал я.–Конечно, процесс различен для каждой пары, но итог один.

Мы коснулись ее, окружая с трех сторон и не позволяя сбежать. Из центра тренировок было невозможно сбежать, да и мы бы не спускали с нее глаз–преимущество того, что за ней наблюдают трое сильных мужчин, а не один. Я сомневался, что, как только на нее подействует сила семени, она захочет уйти. От разлуки со мной и Тором она уже была в лихорадке.

–Итог?

–Мы формируем с тобой связь, брачный союз,– сказал Тор, костяшками пальцев поглаживая округлость ее правой груди. Лев накрыл вторую грудь своей крупной рукой, большим пальцем касаясь соска.

–Связь?–она в недоумении нахмурила брови, но это выражение лица быстро исчезло, когда ее возбуждение стало нарастать. Похоже, ее соски были *очень* чувствительными.–В чем разница между связью и партнером?

–Тебя подобрали для нас с помощью тестирования. Да?

Она только кивнула, приоткрыв губы, чтобы восстановить дыхание.

–В результате этого ты стала нашей партнершей. Обычно в паре всего один мужчина, поэтому, когда он имеет свою партнершу впервые, между ними формируется связь. Его семя заполняет ее, и возникает химическая реакция, из-за чего связь становится постоянной.

Ее кожа была такой мягкой, гладкой, бледной– яркий контраст с ее огненно-рыжими волосами.

Несмотря на то, что мои братья определенно возбуждали ее все больше, она все еще могла слушать меня.

–У тебя три партнера, поэтому, чтобы создать постоянную связь между нами, которая называется брачным союзом, нам нужно трахнуть тебя вместе. Одновременно.

Она подняла подбородок выше, чтобы посмотреть на меня. Ее зеленые глаза были затуманены и полны похоти.

–Одновременно?–прошептала она.–Ты имеешь в виду...

–Я возьму тебя в задницу. Она ведь девственна, не так ли, Лея?–спросил Тор. Мужчины из Второго сектора были известны своим интересом к анальному сексу. Похоже, мой брат не был исключением.

–Я трахну твою киску,–добавил Лев.

Я положил большой палец на ее пухлую нижнюю губу и нажал на нее, открывая ее рот так, что стали видны ее прямые белые зубы. Два моих пальца проскользнули в ее теплый, влажный рот. Ее язык облизал кончики пальцев, и она стала посасывать их.

–А я трахну твой рот.

Вынув пальцы, я провел ими по центру ее тела и щелкнул по кольцу в ее клиторе, из-за чего она ахнула.

–Сейчас?–спросила она.

Лев медленно покачал головой.

–Сейчас я накажу тебя за непослушание в лодке.

Мы с Тором отступили от Леи и перестали касаться ее. С ее приоткрытых губ слетел тихий звук, видимо, выражающий желание.

Лев взял ее за локоть и повел к особой скамье.

–Она используется для оплодотворения. Мужчина может взять свою партнершу, трахнуть ее сзади и заполнить ее своим семенем. Она может лежать в удобстве и выжидать определенное время, пока нижняя часть ее тела приподнята, чтобы семя могло попасть в матку. Женщину также можно привязать, если она... сопротивляется.

Лея уставилась на странную форму скамьи.

–И это все, что я для вас значу? Инкубатор?

Лев наклонился и поцеловал ее в лоб.

–Регент запросил партнершу для нас через программу невест. Его план–объединить планету с помощью ребенка от нас троих. Ребенка, которого мы сделаем с тобой.

–Да, но это так цинично.

–Мы будем оплодотворять тебя из чувства долга, но трахаться с тобой ради удовольствия,–сказал я ей.

Она подняла подбородок, смотря своими зелеными глазами на Лева.

–Тогда почему вы не можете трахнуть меня на кровати, как нормальные люди? Или тут так принято?

Лев опустил голову и поцеловал ее. Мы с Тором наблюдали за тем, как она открыла для него рот, и их языки слились. Глубокий и развратный поцелуй продолжался до тех пор, пока она не упала на Лева, схватившись за его предплечья, чтобы сохранить равновесие.

–Мы трахнем тебя и на кровати, Лея. И на столе, и стоя, прижав к стене.

–Снаружи, под звездами,–добавил я.

–В ванне,–добавил Тор.

–Везде. Но эта скамья,–Лев похлопал по мягкой подставке для коленей,–также идеально подходит для порки на случай, если ты себя плохо ведешь. Прими свое наказание, как хорошая девочка, и мы тебя наградим.

Лея сделала шаг назад.

–Меня не нужно шлепать.

–Разве ты подчинилась мне в лодке?

У нее раскрылся рот.

–Я думала, ты шутил.

–Мы не шутим о подчинении, Лея,–сказал я.–Есть

риск опасности. Чтобы мы могли защитить тебя, мы должны быть уверены, что ты послушаешься нас и сделаешь это без возражений. Ты ничего не знаешь о Викене, и мы обязаны защищать тебя–и наказывать–строже, чем если бы ты родилась здесь и знала наши порядки. Слишком опасно будет позволять тебе допускать ошибки.

Она подняла руки, чтобы не подпустить нас ближе, явно забыв, что была голой. Как будто мы попытались бы сдержать наше желание дотронуться до нее. Как будто она смогла бы сопротивляться.

–Ладно. Я понимаю, насколько это важно, особенно учитывая, что я *действительно* совершенно незнакома с планетой. Я буду слушать вас.

Лев посмотрел на меня, затем–на Лею.

–Приятно слушать.

Я поднял Лею–она удивленно взвизгнула–и осторожно уложил ее на скамью. Ее торс лежал на длинной центральной части, смягченной кожей так же, как и подставки для коленей. Ее груди красиво свисали с обеих сторон. Там были опоры для рук, за которые она могла держаться, но, как я и ожидал, она села. Положив одну руку на середину ее спины, я опустил ее обратно и закрепил кожаные узы вокруг ее запястий.

–Я же засунула пальцы в себя, как ты и просил!

Я остановился и посмотрел на Лева. Он пожал плечами.

–Я не трогал ее, но наслаждался тем, как ее пальцы погрузились глубоко в ее влажную киску. Но ты же не подчинилась мне сразу же. Это необходимо для выживания.

–Мне не нравится, когда меня шлепают! Я на это

не подписывалась,–выкрикивала Лея сердитым тонким голосом, пока я ее привязывал. Она даже попыталась пнуть меня, когда я вновь встал позади нее, восхищаясь ее задницей. Я ждал, когда Лев начнет шлепать ее красивые оголенные ягодицы.

–Тебе *нравится* это,–сказал Тор, наблюдая.

Лея резко повернула голову и гневно посмотрела на моего брата.

–С чего ты вдруг взял?

–Твоя киска уже намокла,–Тор просто пожал плечами, затем поправил член, который прятался в его штанах.

–Ты была выбрана нашей партнершей. Ты можешь *думать*, что тебе это не нравится,–возможно, основываясь на земных традициях или предыдущем опыте,– но твое тело знает правду, и тест это распознал.

–Тебя раньше шлепали, Лея?–спросил Лев.

–Нет!–взвизгнула она.

Лев тихонько шлепнул ее по заднице, а я тем временем привязал ее лодыжки: она была далеко не в радостном настроении, и я боялся, что она пнет Лева и навредит ему или даже себе.

–Отпустите меня, самоуверенные неандертальцы!

Я сжал губы, чтобы не улыбаться. Я почти не знал Лева, но понимал, что он этого так не оставит (что такое, черт возьми, неандерталец?) без красивого розового отпечатка ладони на ее красивой заднице.

7

Лея

Как смели эти мужчины так со мной поступать? Я была привязана к скамье для наказаний—в точности, как в том сне, который я видела в центре обработки! Неужели это взаправду? Потому что это было не по-человечески—в буквальном смысле слова. Меня подчинили себе и лишили шанса к сопротивлению трое инопланетян. Один из них собирался отшлепать меня и затем дать мне награду. Какую награду? Он снова вгонит в мою киску свой огромный член? Или они завяжут мне глаза и поимеют по очереди? Лев сказал...

Лев ударил меня ладонью по заднице, и вспышка жгучей боли прокатилась по телу. Я вскрикнула, а затем опустила голову, потому что, когда боль утихла, меня охватил жар. Жар. Жажда. Желание. Боже, со мной что-то было не так. Я хотела, чтобы он ударил меня снова.

Я знала, что теку. С момента, как я встретила своих партнеров, я *всегда* текла. Один легкий шлепок Лева, и моя киска сжалась, а мой мед потек между бедер. Откуда я это знала наверняка? Один из верзил прямо в этот момент макал свои пальцы в мою влажную щель.

—Твое тело не лжет,—сказал Лев.

Я слышала, как он облизал пальцы, хотя не могла повернуть голову настолько, чтобы это увидеть. На самом деле, я могла только смотреть на белую стену прямо перед собой. А потом Тор пристроился передо мной, спустил штаны и вытащил наружу свой член.

Шлеп!

Ох! Я напряглась, стараясь переместить тело так, чтобы избежать жгучего удара Лева по своей заднице, но не могла сдвинуться ни на миллиметр. Жар от удара молнией пронесся по телу, наполнив киску желанием, и все мое тело затрепетало в предвкушении.

—Это за то, что не послушалась меня сразу. Мы бы закончили на этом, но ты явно не усвоила свой урок.

Шлеп!

—Это за твой острый язык.

Шлеп!

—Это за то, что отказываешь себе в удовольствии. Тебе нравится быть отшлепанной.

—А *мне* нравится, как отпечатки твоей ладони выглядят на ее нежной коже,—сказал Дроган, чертов ублюдок.—Можно мне вмешаться, Лев? На секунду?

Лев согласился, и я напряглась в ожидании, когда Дроган опустился на колени между моих ног.

Тор, находившийся прямо напротив меня, сжал

свой член у основания и начал дрочить. У меня не было другого выбора, кроме как смотреть, как из головки вытекают капли смазки и собираются жемчужинами на металлическом кольце. Я облизнулась, так мне не терпелось попробовать ее. Я до смешного сильно хотела ощутить его член, хотя какая-то часть меня была уверена, что я должна ненавидеть их за все это. И себя тоже, за то, что мне это нравилось.

Когда рот Дрогана прижался к моей киске, я вскрикнула. Он лизал и сосал, вонзая в меня свой язык, пока меня не начало трясти и подбрасывать на скамье Я раскрыла рот, чтобы закричать опять, и Тор воспользовался этим, чтобы вогнать в него свой член– неглубоко, ровно настолько, чтобы я могла почувствовать вкус его смазки. Афродизиак из его спермы проник в мою кровь и растекся по телу горячей лавой. Тем временем Дроган изо всех сил сосал мою киску, и я увидела звезды. Я едва держалась. Мне нужно было кончить.

По какому-то молчаливому соглашению оба мужчины одновременно оторвались от меня, оставив меня задыхаться от нетерпения. Умолять. Боже, какой жалкой я была! Я чувствовала себя как дикое животное, полностью потерявшее контроль над собой. Мне были нужны они. Я хотела их. В своем рту. В свой киске. В своей заднице. Везде. Где угодно. Мне было нужно...

Лев погладил меня по заднице своей огромной рукой, словно ласкал любимого питомца, и я толкнулась к нему, отчаянно желая продлить контакт.

–Начинай считать, Лея, это твое наказание за

прежнее. Сначала до двадцати. Потом, если будешь хорошей девочкой, я, может быть, дам тебе больше.

Лев начал шлепать меня, и, каждый раз я охала от ощущения тепла, пощипывания, жжения.

–Раз. Два.

Я начала считать, не спуская взгляда с члена Тора. Каждый удар заставлял меня подаваться вперед на скамье, так что колечко в моем клиторе отиралось о твердую поверхность подо мной. От этих шлепков я всхлипывала, чувствуя, как по венам разливается жидкий огонь.

К моменту, когда я досчитала до семнадцати, что-то внутри меня взорвалось, освобождая бурю эмоций, которые я не могла даже надеяться взять под контроль. Слезы струились по моим щекам. Недели страха и беспокойства, напряжения и переживаний о том, что мой жених найдет меня, выплескивались из меня с каждым болезненным ударом ладони Льва о мою попку. На двадцати он не остановился, а я и не хотела.

В окружении этих мужчин моя рациональная сторона замолкала, и на поверхность выходило примитивное животное. Оно знало, что я в безопасности. Совершенно, полностью в безопасности, и мои стены рушились. Я теряла контроль. Я всхлипывала. Я считала. Я умоляла его бить меня сильнее, разрушить меня до основания, забрать мою боль, мой страх. Хотя я находилась на расстоянии многих световых лет от Земли, свои эмоции я принесла с собой, как нежеланный багаж. Я скулила и умоляла моих партнеров овладеть мной, трахнуть меня, сделать меня своей навеки.

К тому времени, как я досчитала до тридцати, моя кожа была покрыта потом, а задница пульсировала и горела от ударов. Мои соски были так напряжены, что это причиняло мне боль, и я сходила с ума от желания, чтобы меня трахнули. Наполнили.

Мне необходимо было кончить. Нужно было почувствовать, как они заполняют меня.

Удары Лева превратились в мягкие поглаживания, в самую нежную ласку. Тор приблизился ко мне.

–Открой рот, Лея.

Его член был рядом с моими губами, и я могла только подчиниться. Только этого я и хотела.

–Хорошая девочка. Теперь высунь язык, я собираюсь кончить на него.

Я смотрела, как он ласкал себя, перед тем как опустить головку члена на мой язык, вжимая в него твердое кольцо. Со стоном он излился в мой рот. Я чувствовала его семя, горячее и солоноватое. Прерывисто дыша, он отступил назад, потом опустился на колени передо мной.

–Глотай.

Я послушалась его, потом облизнула губы. В считанные секунды мое возбуждение возросло настолько, что я едва не кончила. Я прикрыла глаза и застонала, позволив этому ощущению завладеть мной. Интересно, похоже ли это на укол героина? Чистое блаженство?

–Лев, пожалуйста.

–Пожалуйста, что?–спросил он, и голос его звучал хрипло и развратно.

–Мне нужно, чтобы ты трахнул меня.

Я дернулась, натягивая ремни; мне до смерти хотелось сжать в руке чей-нибудь член.

–Пожалуйста, мне это необходимо,–я широко распахнула глаза в панике.–Это слишком... Мне нужно это. Дай это мне!

Я уже не могла сдерживать крик. Что со мной не так? Я была... в отчаянии. Почувствовала себя так только после того, как проглотила семя Тора. Боже, эту лихорадку вызвала та самая сила семени, о которой они говорили. На секунду это привело меня в ужас, но потом я вспомнила объяснения Лева. Эта связь оказывала на мужчин такой же эффект. Они нуждались во мне не меньше, чем я нуждалась в них.

Я почувствовала, как рука сжалась на моей избитой ягодице, открывая доступ к моей киске. Твердый член отерся об нее и толкнулся внутрь. Я закричала. Именно это было мне нужно. Толстый, горячий член. Меня привлекал даже его запах, мускусный и притягательный.

Войдя глубоко внутрь, Лев склонился надо мной, прикусывая там, где плечо соединяется с шеей. Подался назад, почти выскальзывая наружу, и снова вогнал член до упора. Я была зафиксирована таким образом, что моя задница была вздернута кверху, и его член скользил внутрь идеально, как меч в ножны. Мне оставалось только принимать его удары. Теперь, когда он был внутри меня, я позволила себе успокоиться и раствориться в этом ощущении.

–Я постоянно желал тебя с того момента, как ты была перемещена к нам. Не думаю, что мой член когда-нибудь упадет. Черт, я сейчас как похотлтвый юнец... Сейчас кончу.

Влажные звуки секса наполнили воздух. Тор отвел с моего лица мокрые от пота волосы, и я увидела в его глазах вновь разгоравшееся желание.

–Ты хочешь член, Лея? Тебе нужно, чтобы мы заполнили тебя, залили тебя семенем? Не волнуйся, мы о тебе позаботимся.

Я взглянула на Дрогана–он избавлялся от своей одежды, и его член вырвался наружу, дожидаясь своей очереди.

–Кончи для нас, Лея. Кончи сейчас.

Это Лев толкнул меня за грань,–его член тер все правильные местечки глубоко внутри, а рука сильно ударила сперва одну ягодицу, затем другую,–и я сорвалась в чистое блаженство.

Когда он кончил внутри меня, его семя обволокло стенки моей вагины, и я получила еще один оргазм. Я протестующе застонала, когда он выскользнул из меня, но они не заставили меня ждать. Его место занял Дроган, а Тор принялся играть с моей грудью, потягивая напряженные соски, щипая их в такт толчкам твердого члена Дрогана внутри моего тела. Дроган дотянулся до моего клитора и погладил его, с легкостью вызвав очередной пик одновременно с тем, как он сам излился в меня.

Я была измучена, выжата, но никак не могла успокоиться. Мое тело все еще жаждало этих мужчин, желание все еще пожирало меня изнутри, как огонь пожирает сухой хворост. Тор отошел, чтобы занять место позади меня и трахнуть меня в свой черед, и я не могла дождаться этого: ощущение пустоты в моей киске было мучительным настолько, что несколько дней назад я бы и представить себе такого не могла.

Вместо того чтобы сразу же войти в меня, Тор некоторое время игрался с моим задним проходом, используя пальцы, чтобы раскрыть меня, подготовить для пробки, которую протолкнул внутрь и зафиксировал. Это должно было привести меня в ужас, ведь я никогда прежде не пользовалась такими игрушками, но я едва поморщилась от такого вторжения. Мне должно было быть больно или по крайней мере дискомфортно, но, благодаря теплой ароматной смазке, игрушка скользнула на место легко, и я почувствовала только удовольствие, только темное, первобытное вожделение от того, что меня трогали и играли со мной *там*. Только когда пробка вошла в меня до упора, растягивая задний проход, Тор начал трахать меня.

Его огромный член заполнил меня, и от ощущения переполненности я застонала. Вместо того, чтобы податься назад, Тор сжал мои ягодицы, все еще горевшие от беспощадных ударов Лева, и стиснул их так крепко, что моя киска увлажнилась опять. Боль только подхлестнула мое отчаянное желание, мою похоть. Она была напоминанием, что я принадлежу им. Навечно.

Тор развел мои ягодицы, и от этого ощущения растянутости я беспомощно сорвалась в новый виток наслаждения. Тело мое дрожало, полностью вне моего контроля, и мне было плевать. Мне нужно было только чувствовать, как он вбивается в меня, как рука Дрогана гладит мою спину и тянет меня за волосы. Нужно было ощущать горячий язык Лева на своих сосках, в то время как его пальцы скользнули в мой рот, чтобы я могла ощутить вкус собственной смазки на них.

Они не отпускали меня, не прекращали трахать меня Бог знает как долго. Я совершенно потеряла счет времени. Потеряла саму себя. Я только знала: эти мужчины были ненасытны, как я, и их члены никогда не теряли твердости. Несмотря на то, что мои бедра были подняты вверх, их семя вытекало из меня и длинными струйками лилось по клитору и животу. Последнее, что я помнила, это как чьи-то сильные руки несут меня и кладут на мягкую постель.

Я проснулась посреди ночи в темной комнате, сбитая с толку. Окно моей спальни, обычно находившееся слева от меня, сейчас было с правой стороны. Не слышно было ни уличного шума, ни гудения моего кондиционера. Сев, я моргнула, затем сон немного рассеялся, и я вспомнила. Возможно, рука, шевельнувшаяся на моем бедре, помогла подтолкнуть мой разум в новую реальность.

Я была на Викене. В постели с тремя мужчинами. Их запах—мне следовало заметить его первым. Он был почти одинаковым у всех троих, но у каждого была его собственная разновидность, и я их распознавала. Лев, мрачный и мощный; Тор, открытый и уверенный в себе; Дроган, диковатый и сосредоточенный. Я быстро узнавала незначительные различия в их личностях— они проявлялись даже в том, как братья трахались. Я думала, что мне будет нравиться только один способ, но когда они брали меня по очереди, друг за другом, я кончала со всеми. Боже, еще как кончала!

Мне понравилось, когда я получила оргазм только ото рта Дрогана между моих ног. Мне понравилось, когда меня шлепали и трахали одновременно. Мне понравилось быть связанной. Понравилась пробка в моей заднице. Боже, я была такой шлюхой ради этих мужчин!

Вещи, которые они со мной вытворяли до того, как я провалилась в сон, скорее всего были незаконны в нескольких штатах на моей родной планете. А здесь это казалось совершенно нормальным. Виценцы создали специальные центры для пар, чтобы учиться таким вещам. Меня пронизывало смущение. Нормально ли это, быть привязанной к скамье для порки и наказанной? Нормально ли, что мне действительно понравилась ощущать жгучую боль на моей горячей коже от жестких шлепков Лева? Нормально ли буквально жаждать троих мужчин? Нормально ли наслаждаться тем, что с моей задницей забавляются?

Я раньше никогда не кончала, если не был задействован мой клитор, но здесь, совсем недавно, я кончала снова и снова без какой-либо стимуляции там вообще. Мое тело, даже сейчас, ныло от желания.

Нет, оно просто в самом деле ныло. Мои груди пощипывало, соски затвердели. Мне не нужно было видеть их в темноте, чтобы знать, что они стоят жесткими пиками. Подняв руки к грудям, я обхватила их, и тихий стон сорвался с моих губ. При движении моя киска скользила по простыням, и они задевали кольцо на клиторе. Я была возбуждена так сильно, что жар проник в мои вены и распространился по всему телу.

Послышалось шуршание постельного белья, и тут же включился свет. Просто мягкое сияние, достаточное для того, чтобы видеть, но не ослеплять. Я увидела троих обнаженных мужчин, окружающих меня. Простыня, которая нас накрывала, сползла с меня. Я тоже была голой, но не сводила глаз с крепких тел моих партнеров.

–Лея?–голос был хриплым ото сна. Я не посмотрела, кто это сказал, потому что была слишком охвачена вожделением.

–Что-то...что-то со мной не так,–прошептала я.

Остальные мужчины зашевелились, и Дроган сел позади меня, положив руку на мое плечо.

–Она горячая.

От его прикосновения я застонала. Не раздумывая, я легла на спину и раздвинула ноги. Мне следовало бы стыдиться своего распутного действия, но я была не в том состоянии, чтобы о чем-то беспокоиться. Когда мужчины сели, чтобы посмотреть на меня, я схватила себя под коленки и подтянула раздвинутые ноги к себе.

–Пожалуйста,–взмолилась я. Боже, я упрашивала этих мужчин трахнуть меня.

Бросив взгляд вниз, я увидела, что мой клитор набух так сильно, что его капюшон отодвинулся назад, и маленькое кольцо отошло от чувствительного кончика.

Лев и Тор взглянули друг на друга.

–Сила семени,–сказали они одновременно.

–Я буду пожирать твою киску, пока ты снова не кончишь,–пробормотал Дроган в мою шею.–Она, должно быть, слишком болит после того, что мы сделали с тобой ранее.

Мне *должно было* быть больно, очень больно, от того, что меня трахали трое мужчин,–снова и снова,– но мне не было. Даже если и так, меня это не сильно волновало. Мое тело говорило мне, что ему нужен член, и нужен сейчас.

–Нет,–ответила я. Повернув голову, я посмотрела Дрогану в глаза.

–Нет?–повторил он.–Ты пойдешь против нас? Ты ничего так и не уяснила после порки и пробки в заднице?

Я покачала головой, облизнув губы.

–Мне нужно больше. Мне нужны ваши члены. Мне *нужно*, чтобы вы меня трахнули. Твоего рта на моей киске недостаточно.

Я посмотрела на моих трех мужчин, которые нависли надо мной с беспокойством–и желанием на лицах.

–Ты стала жертвой силы семени, Лея,–сказал Тор.– Я понятия не имел, что она такая мощная.

–Она от нас троих, не от одного,–добавил Лев.–Лея будет ощущать ее очень интенсивно.

–Пожалуйста,–умоляла я; из моей киски сочилось их семя и соки моего возбуждения. Я потянулась вниз, пальцами раздвинула свои складки и скользнула внутрь. Если они не собираются использовать свои члены, я использую свои пальцы. Дроган и Лев взялись каждый за мои колени и широко их раздвинули в том положении, как я их держала, а Тор встал на колени между моих ляжек. Его член был эрегирован и готов, поднимаясь к его пупку.

Он вытащил мои пальцы из киски и вложил мою

руку в руку Лева, который передвинул ее к моему боку. Он не выпустил ее.

Тор стал играть с пробкой в моей заднице, дергая за нее, затем прижимая обратно. Снова и снова. Я попыталась двигать бедрами, но Лев и Дроган удерживали меня.

Пододвигая бедра, Тор нацелил свой член в мое жаждущее лоно и скользнул в меня. Это был один медленный, легкий толчок, и я застонала, закрыв глаза.

–Да,–простонала я, наслаждаясь этим растяжением, поразительным ощущением заполненности. Было так тесно там, с пробкой в моей попке.

–Трахни меня. Пожалуйста! Мне это нужно.

Я звучала как распутная шлюха, но меня это не заботило. Мне нужен был член и нужен сейчас.

–С удовольствием, партнерша,–Тор начал двигаться, усердно трахая меня, пока его братья держали мои колени.–С удовольствием.

―――

Тор

Мы находились в центре подготовки для более трудных невест, хотя Лея вовсе не была непокорной. По факту, я бы назвал ее нетерпеливой, или жаждущей, или жадной. Сила семени трех мужчин сделала ее ненасытной. Хотя мы всего лишь взяли ее на скамье, просто шлепая и трахая, эта сила пробудила ее ото сна, и нам пришлось снова позаботиться о нашей невесте посреди ночи. Термин *позаботиться* включал в себя хороший жесткий секс от нас троих. Лея затем настояла на том, чтобы облизать все наши члены, а потом Дроган вставил тренировочную пробку большего размера в ее задницу. Только тогда она насытилась настолько, чтобы снова провалиться в сон. Сейчас, на заре, она все еще спала, но долго ли это будет продолжаться, никто из нас не знал. Нам было непривычно иметь пару, да и находиться вместе тоже.

Дроган готовил простой завтрак в зоне для приготовления пищи, а Лев и я сидели за маленьким столиком возле окна. Несколько пар гуляли неподалеку, ведь погода была прекрасной. Мужчины и их пары шли по своим делам, возможно в ту или иную учебную хижину. Все вещи были здесь доступны, все желания могли исполняться. Научиться, как правильно пользоваться стеком, или связать невесту веревками без причинения вреда. Проходили занятия по тому, как доставить удовольствие партнерше своим ртом, или как читать язык ее тела во время сексуальных игр. Что касается невест, их могли научить, как сосать член или даже как натренировать свой задний проход для хорошего секса. Лев, судя по всему, стал мастером в прочтении тела Леи, зная, что ей нужно, даже если она это отрицала. Я тоже учился этому. Откуда он мог знать, что ей нужна жесткая порка, я не был уверен, но она действительно этого хотела. Она сломалась и закричала, и сквозь слезы и метания умоляла о большем.

К чему я больше всего стремился, так это узнать больше о том, как растянуть задницу Леи. Она приняла пробку побольше посреди ночи, но было ли этого достаточно, чтобы она подготовилась для моего огромного члена? Лев, возможно, хотел разучить новые способы, как связать Лею веревками или довести ее до более глубокого уровня подчинения. Дроган? Черт, он был одержим оральным сексом, но и так делал это умело, если брать оргазмы Леи за указание. Все, что нам нужно было, чтобы доставлять удовольствие нашей невесте, было доступно нам здесь. Пока мы будем появляться с ней по одному, никто не узнает о нашем обмане. Единственный внешний признак нашего отличия–это шрам Лева, пересекающий его бровь, но в присутствии Леи никто не будет обращать внимание на его лицо. Я знал, что не мог сосредоточиться на окружающем, когда ее соски твердели прямо у меня на глазах.

–Регент Бард был убит во время вчерашнего нападения,–Дроган сказал нам двоим, закончив готовить еду.

Кружка Лева с утренним кофе остановилась на полпути к его губам.

–На Едином Викене?

Я кивнул.

–Я слышал новости на востоке. Ты видел, как это случилось, Дроган?

–Да. После того как мы разделились, я направился на запад. Регент Бард выходил из центра транспортировки. Он был с Гиндаром, когда на них напали.

Дроган наложил еду в миски.

–Я был на некотором расстоянии, но регент уже лежал на земле с черной стрелой в правом глазу. Гиндар опустился на колени, чтобы помочь, но ничего нельзя было сделать.

—Стрела в глазу? Это был не просто удачный выстрел,—предположил я. Мы были воинами. Мы знали, как выглядело намеренное убийство.

—Я видел, как это случилось,—сказал Дроган, поставив миски перед нами, а затем отправился за своей.—Убийца целился с балкона неподалеку. Он ждал, будто точно знал, где регент будет находиться. Нападение было точным и четко исполненным.

Я взял ложку, размешивая утреннюю белковую кашу.

—Значит, кто-то хотел, чтобы он умер. Так нападение на Единый Викен разрабатывалось с целью убить регента или чтобы добраться до нас?

—Или Леи,—добавил Лев.

Ни у кого не было ответа.

—Мы должны оставаться здесь, прятаться, пока Лея не понесет нашего ребенка,—сказал я.—Возможно, к тому времени мы узнаем больше.

—Я согласен с планом регента,—добавил Лев.—Он хотел единую планету. По раздельности мы просто препирающиеся слабаки из трех секторов. Вместе, мы можем править Викеном. Научить нашего ребенка быть лучшим человеком, лучшим лидером, чем все мы.

Дроган посмотрел на нашу невесту, мирно спящую на кровати.

—Для нее не будет безопасно нигде, пока она официально не присвоена.

Лев поставил свою миску с хмурым видом.

—Мы не можем заключить с ней союз, пока она не оплодотворена. Это даст одному из нас преимущество в отцовстве над ребенком.

Я проглотил ложку теплой каши.

–Согласен. Но как только она понесет ребенка, нам нужно будет заключить союз немедленно. Это означает, что мы должны сосредоточиться более пристально на тренировке ее попки. В нее поместилась пробка, которую мы использовали прошлой ночью, даже та, что больше, но для того, чтобы у нас состоялась официальная брачная церемония, нам нужно взять ее одновременно. Из-за ее тугой девственной задницы церемония откладывается.

Дроган согласился.

–Да, брачный союз–с политической точки зрения это лучший способ добиться, чтобы секторы были удовлетворены. Это сохранит ее безопасность, даже если мы разделимся. В более личном плане, это также удовлетворит Лею больше, если она будет официально связана со всеми мужчинами, с которыми трахается. Возможно, тогда действие силы семени на нее несколько снизится. Она была ненасытной ночью, почти бредила от своей нужды.

–Так как ты из Второго сектора, Тор, ты должен больше всех наслаждаться хорошим анальным сексом,–сказал Лев с ухмылкой.

Я не мог не рассмеяться.

–А ты нет?

Лея

–Я не вижу в этом необходимости,–шепнула я Тору.

Он взял меня под локоть и повел меня через зеленую лужайку, покрывавшую пространство между зданиями. Мужчины называли их хижинами, но мое понимание этого термина и викенское резко отличались. Это не были те хижины, которые я видела на Земле. Они больше походили на домики в лесу. Выглядели по-деревенски просто снаружи, но были хорошо оборудованы современными удобствами, такими как кухни и ванные комнаты. Многое было по-другому здесь, у викенцев. Они были расой межзвездных путешественников, с космическими кораблями и технологическими достижениями, о которых я не могла даже и мечтать...тем не менее они предпочитали жить вот так. Готовить еду на плитах и купаться в настоящей воде, тогда как у ряда рас существовали устройства, которые могли вымыть их, не прикоснувшись ни к единому волоску на их телах.

От того места, куда я была транспортирована с Земли, мы приплыли на простой лодке *сюда*. Центр подготовки невест! Учебный центр *для занятий сексом*. Мужчины сказали, что это для непокорных партнерш. Я *не была* непокорной. Сомневающейся–определенно. Упрямой–несомненно. Когда Лев отшлепал меня вчера за то, что я не подчинилась ему в лодке, я была потрясена. Шокирована, что он действительно осуществил свое *наказание*. Было больно!

Однако это также дало мне разрешение испытывать боль, прекратить подавлять свой страх и свое страдание. Я была шокирована тем, что он выпорол меня, но больше я была удивлена своей реакцией. Мне понравилась эта боль. Мне понравилось, что меня вынудили не сдерживаться больше. Последние пару часов я раздумывала, *что* могу совершить такого, чтобы заработать еще одно *наказание* от рук Лева в будущем. Я плакала, и пиналась, и кричала, и выпустила все это наружу, весь тот яд внутри меня. Я чувствовала себя сейчас свободной и пустой, больше не боясь или напрягаясь. Я была выжата и измотана тем, что пережила, но знала, что хочу почувствовать эту боль снова. Я рассчитывала на нее, чтобы она помогла мне держать себя в руках. Я рассчитывала на них, моих партнеров, чтобы они поддержали меня, сделали сильнее и защитили. Я влюблялась в них, зависела от них, доверяла им...и я ничего не могла поделать, чтобы это остановить.

У меня было ощущение, что Лев сделал мне поблажку, и, если бы я захотела, могла бы получить больше. Больше боли. Больше темноты на привязи внутри меня. Я не была готова пока встретиться с ней лицом к лицу, но что-то было в этих мужчинах, что заставляло меня задумываться о вещах, о которых я раньше не думала. Они также делали меня до абсурдного похотливой, жаждущей секса и готовой принять сексуальные потребности, которые я не смела даже представить раньше, до того как попала сюда, до того как была подобрана в пару таким властным и сильным мужчинам. Они были опьяняющими–наркотик, без которого я не хотела жить.

Они называли это силой семени–их сперма содержала химические вещества, которые заставляли меня желать их. Это казалось совершенно нелепым, но реакцию было трудно отрицать. Даже сейчас я была насквозь мокрой, моя киска распухла и ныла, желая членов моих мужчин. Я проснулась посреди ночи и умоляла, чтобы меня оттрахали. Боже, я покраснела просто от воспоминания, насколько распутно я себя вела. Мне даже понравилась та пробка, что побольше, вставленная в мой зад.

Да, я уже не была той женщиной, что покинула Землю. Я больше не была дочерью консервативного члена городского совета. Я была дикой и распутной, и мне это было все равно. В настоящий момент меня это не заботило.

Тор вел меня между хижин, и его большая ладонь полностью скрывала мою, нежно обхватив ее. На мне было новое платье, похожее на то, которое мои партнеры уничтожили в своем стремлении овладеть мной, но другого цвета. То было насыщенного, живого зеленого цвета. Это–темного, глиняно-коричневого, что напоминало мне мех медведя. Тор одел меня под стать себе. И пока он прогуливался со мной по ухоженным садовым дорожкам между хижинами, он рассказал мне, чего стоит в Первом секторе расти без семьи. Он поцеловал меня как утопающий, отчаянно нуждающийся в воздухе, и поклялся никогда не оставлять меня или ребенка, которого они пытались так старательно посадить в мою утробу. Страстность в его глазах убедила меня в том, что он говорил правду.

Мы шли в тишине какое-то время, но я видела, что моих партнеров что-то волнует. Лев никогда не скажет мне, что происходит. Я это знала. Он просто будет ожидать, что я доверюсь ему, а он обо всем позаботится. Дроган? Ну, он скажет мне, если я спрошу, но я уже знала, что он будет осторожно подбирать слова. Он был дипломатом,–единственный, кто поддерживал между ними мир,—и он никогда не говорил, не обдумав свои слова. Но Тор? Тор скажет мне правду.

—Что происходит? Почему мы скрываемся здесь вместо того, чтобы вернуться в вашу столицу?

Тор сжал мою руку и потянул меня в тень гигантского дерева, где бы никто не смог нас увидеть со стороны тропинок. Он наклонился, притягивая меня ближе, и прошептал на ухо.

—Старик, с которым ты познакомилась вчера, регент Бард?

Я кивнула. Старик казался искренним, и был счастлив приветствовать меня на Викене ради моих партнеров.

—Он был регентом Викена. Он был чрезвычайно могущественным. Нынешний лидер нашего планетарного правительства.

—Я думала, вы трое правители?

Тор покачал головой; его руки мягко скользили по моей спине вверх и вниз, из-за чего мне хотелось раствориться в нем.

—Да. Мы королевской крови по рождению, но нас разделили, когда мы были детьми. До того, как ты появилась, никто из нас не соглашался возвращаться на Единый Викен и править. Так что, у регента было много власти, и он прилагал усилия, чтобы Викен оставался частью Межзвездной коалиции. Но он не был настоящим правителем.

—Ты сказал *не был*.

—Он был убит вчера на месте засады. Наемным убийцей.

Я поднесла руку ко рту, думая о добром и честном старике.

–О, Боже мой.

–Кому-то не нравились планы регента.

–Но тем планом были мы, Тор. Он хотел, чтобы вы трое вернули себе трон.

Я положила руку ему на щеку, осознавая, что мой голос дрожит от гнева и желания защитить.

–Ты и твои братья–истинные правители Викена.

Он кивнул.

–Наши родители были убиты, когда мы были младенцами. Лев, Дроган и я выжили и были разделены между тремя секторами, чтобы сохранять мир. Нас растили отдельно. Регент Бард добился своего. Мир сохранялся с того дня, но он был шатким почти тридцать лет.

Я провела большим пальцем по его скуле и заглянула ему в глаза, чувствуя глубокую душевную связь. Он рассказал мне за день до этого об убийстве его родителей, но все же…

–Я не понимаю. Ты имеешь в виду, вы едва друг друга знаете?

Когда он снова кивнул, я почувствовала глубокую грусть за них.

–У меня нет ни братьев, ни сестер, но мне бы не хотелось знать, что меня оторвали от моей единственной семьи только ради политической цели.

Он наклонился и оставил целомудренный поцелуй на моих губах, хотя большие руки, мнущие мой зад, были отнюдь не невинными.

–Вот почему ты бесценна. Женщина, подобранная для нас троих. Понесшая от нас троих. Родившая ребенка, зачатого нами троими. Отпрыск будет следующим правителем объединенной планеты.

—Но если они убили регента, разве они не попытаются убить вас тоже?—спросила я, широко раскрыв глаза. Если, кто бы это ни был, хотел захватить планету, то я знала троих очень сексуальных мужчин, которые стоят на пути к этой цели.

Он слегка пожал плечами.

—Возможно, но нам кажется, что настоящая опасность угрожает тебе. Именно *ты* родишь истинного наследника. Нам только нужно трахать тебя и наполнять своим семенем. Ты будешь правящей матерью. Твой ребенок будет наследником трона всего Викена.

Я огляделась, думая о том, что мужчины с луками и стрелами могут выпрыгнуть откуда-то и напасть на нас.

—Мы здесь в безопасности?

Он положил свои большие ладони мне на плечи, наклоняясь вперед так, что я вынуждена была посмотреть в его темные глаза.

—Мы никогда ничему не позволим с тобой случиться. Ты должна доверять в этом своим партнерам. Только один из нас будет появляться с тобой, пока мы остаемся здесь в укрытии, двое других не будут показываться на глаза, так что будет казаться, что мы просто еще одна новая викенская пара.

—Разве вас не узнают?

Тор ухмыльнулся.

—Нет. Наша планета не транслирует изображения, как некоторые. Здесь всем управляет строгая иерархия, законы и постановления передаются от самых высокопоставленных членов вниз до простого фермера и солдата. Я сомневаюсь, что здесь кто-нибудь видел кого-то, помимо местного руководства.

Я посмотрела вниз на ярко зеленую траву.

–Окей. Но, когда я проснулась, я слышала, о чем вы разговаривали утром. Что это все имеет общего с тренировкой моей попки?

Он улыбнулся. Я увидела это краем глаза.

–Существует церемония, которая сделает нашу связь постоянной и юридически обязывающей. Сила нашего семени все еще будет призывать тебя и нас, но после того, как мы заключим союз, она больше не будет управлять нашими телами с такой мощью.

–Ты имеешь в виду, что я смогу думать о чем-то еще кроме секса?

–Надеюсь, что нет,–его слишком сексуальная ухмылка не выражала раскаяния.–Но без брачной церемонии ты будешь жаждать нас всю свою жизнь. Эта жажда может быть весьма острой, и бывали случаи, когда женщины сходили от нее с ума.

–То есть я всегда буду так...отчаянно нуждаться в сексе?

Мне не очень нравилась эта идея. Мне нравилось быть возбужденной, но это...это уж слишком.

–Если ты вступишь в брачный союз с нами, то нет. Со всеми тремя. После того, как мы присвоим тебя, ты все еще будешь чувствовать силу семени, но она будет намного слабее.

Мне не нужно было слышать больше. Сила семени прямо сейчас толкала меня на самый край самообладания. Мое тело жаждало, чтобы его заполнили, чтобы к нему прикоснулись. Я жаждала прикосновений моих мужчин. Мне это было необходимо. Идея о том, чтобы снова быть способной думать, способной ходить так, чтобы трение одежды о мою чувствительную кожу не сводило меня с ума, была неотразимой.

–Хорошо. Я согласна на эту связь,–я чувствовала жар на своих щеках и знала, что темно-розовый румянец заливает мое лицо. –Со всеми тремя.

–Чтобы это сделать, тебе придется трахнуться с нами тремя одновременно. Я возьму на себя твою задницу, Лев твою киску, а Дроган будет трахать тебя в рот. Только тогда наш народ признает связь.

Мысль о том, чтобы обслуживать всех троих сразу, будучи зажатой между ними, одновременно ощущая и пробуя на вкус их члены, заставила меня застонать. Тор рассмеялся и потянул меня обратно на тропинку.

–Вот почему тебя нужно натренировать. Я не желаю причинить тебе боль. Член у меня большой, а попка у тебя узкая.

Мы остановились перед хижиной.

–Во мне была пробка на протяжении всей ночи, –отметила я.

Тор открыл для меня дверь и продолжил:

–Да, но пробки, которые ты приняла в свою сладкую маленькую попку, обе были меньше, чем мой член. Мы проведем следующий час, растягивая эту девственную дырочку, чтобы подготовить ее для меня. С этим есть одна проблема, Лея.

Я наклонила голову. Только одна проблема? Мне казалось, что все, связанное с моим прибытием на Викен, было проблемой.

–Это центр для непокорных партнерш. Это значит, что тренеры здесь ожидают чуть больше наказаний, более высокого уровня подчинения.

–Ты хочешь, чтобы я сопротивлялась тебе?–я облизала губы.—Это может быть невозможно, принимая во внимание мою...жажду.

Он ухмыльнулся, и его глаза потемнели.

—Мне нравится, что ты такая жадная до нас. Как тебе такое? Притворись, что сопротивляешься. Притворись плохой девочкой,—он провел пальцем по моей щеке, заправляя волосы мне за ухо.—Ты можешь быть непослушной ради меня?

—Значит ли это, что ты меня снова отшлепаешь?

Он цыкнул на меня.

—Непослушные девочки не должны так стремиться к порке. Ты получишь порку и что-то очень большое, что погрузится в эту девственную задницу.

Он наклонился и прошептал:

—Не забудь сопротивляться.

Я знала, что это значило, как и моя киска, потому что мои соки потекли по бедрам в предвкушении, когда Тор открыл дверь. Держа руку на моей спине, он провел меня внутрь. Как только мы переступили порог, я остановилась и выдохнула. Возможно, сопротивляться окажется не так трудно, как я себе представляла. Принять свою потребность в моих партнерах— это не то же самое, что принять то, что я увидела перед собой.

Однокомнатная хижина была только для тренировки задницы. Я начала хихикать от безумия происходящего,—невозможно было представить что-то подобное на Земле,—но подавила смех под ладонью. Женщина лежала на спине на мягком мате. Ремни, прикрепленные крюками на стене позади нее, были обмотаны вокруг ее колен, чтобы ее ноги были оттянуты назад и раздвинуты, а зад поднимался над полом.

Ее киска была на виду у ее партнера, который стоял на коленях между ее раздвинутых ляжек. Так как это была тренировочная комната для задницы, он ее не трахал. То есть, он не трахал ее своим членом. Он использовал очень большой фаллоимитатор, но орудовал им не в ее киске, а в ее заднем проходе. Ее глаза были закрыты, и она тяжело дышала, кожа блестела от пота. Ее партнер наклонился ближе, работая в ее мокрой киске двумя огромными пальцами, пока дилдо погружался в ее зад. Он наклонился и стал сосать ее клитор, достаточно сильно, потому что я могла видеть ее мягкую, розовую плоть, которая его усилиями приподнималась от ее тела. Ее спина изогнулась, и она заскулила–хорошо знакомый мне звук, потому что я сама его производила не далее как прошлой ночью, когда умоляла моих партнеров трахнуть меня. Женщина была близко, так близко к тому, чтобы получить разрядку. Я напряглась и сдвинула ноги, сжимаясь от пустоты, которую ощутила, наблюдая за тем, как все ее тело затряслось, когда он подтолкнул ее к самому краю оргазма, а потом убрал оба пальца и рот, продолжая трахать ее в задницу фаллоимитатором.

Ее киска была скользкой и текла, а я наблюдала, как ее мышцы напрягались и расслаблялась, пока ее обрабатывали. Трахали. Имели.

Женщина закричала от разрядки, и я прикусила губу, чтобы сдержаться и не вскрикнуть вместе с ней. Я не осознавала, что крепко вцепилась в руку Тора, пока он не сжал мою и не наклонился, прошептав мне на ухо:

–Ты следующая, подруга.

–Доброе утро.

Я повернулась на приветствие. Мужчина-викенец, который с нами заговорил, был просто одет, но на его рубашке на груди имелась эмблема, которая означала, что он был тренером в этом центре.

–Эта новая пара как раз заканчивает свою сессию.

Его комментарий был своевременным, потому что второй, полный удовольствия, глубокий стон женщины заполнил комнату. Тор усмехнулся, а тренер был достаточно профессионален, чтобы сохранить спокойное выражение лица.

–К тому моменту, как ваша партнерша будет помещена на тренировочную скамью, другая пара уйдет.

Тор кивнул, затем посмотрел на меня.

–Раздевайся, пожалуйста.

Я настороженно посмотрела на Тора, затем на скамью, где, как я знала, моя задница будет задрана вверх и выставлена напоказ для тренировки. Это меня возбуждало и ужасало одновременно. Когда один из мужчин развлекался с моей задницей, пока мы все трогали друг друга, и целовались, и трахались при закрытых дверях, это возбуждало. Но это–я не была уверена насчет такого.

–Идем, любимая. Мы говорили об этом. Мой член толщиной с твой кулак, но он *войдет* в эту твою девственную попку.

–Но...

–У тебя есть выбор.

Я засияла от перспективы.

–Ты можешь пойти и лечь на скамью, а я вставлю тренировочную пробку в твою задницу и заставлю кричать от удовольствия, или ты можешь пойти и лечь на скамью, и, как только в твоей попке окажется прекрасная большая пробка, я отшлепаю тебя, прежде чем позволю тебе кончить.

– Ты же не серьезно?

– Значит, порка.

Мой рот открылся, а Тор выгнул бровь.

– Ты можешь пойти сейчас, и просто получишь порку по своей голой заднице, Лея, или ты можешь спорить, и я буду наносить удары по твоим бедрам и не позволю тебе кончить.

Тренер одобрительно кивнул в ответ на мое шокированное выражение лица, но я знала, что Тор говорил серьезно. Я тряслась, как осиновый лист, покрываясь ярко-розовым румянцем, а тренер наблюдал за мной с большим интересом, осматривая каждый сантиметр кожи, когда я ослабила застежки, и платье заскользило по моим обнаженным грудям и бедрам, пока не упало на пол вокруг моих ног. Оказавшись голой, я посмотрела в глаза Тору, собрав в своем взгляде столько мужества, сколько смогла, и пошла к скамье.

– Хорошая девочка, Лея, – пробормотал Тор, и, как бы я ни хотела злиться на всю эту ситуацию, его похвала захватила меня, заставив мое сердце растаять, а киску намокнуть. Я хотела, чтобы он был счастлив. Хотела ему угодить.

– Она будет отлично подчиняться после небольшого обучения. Вы счастливчик, – услышала я слова тренера позади меня.

Я взглянула на него из-под ресниц, зная, что он мог все видеть, что он будет наблюдать за всем, что Тор будет со мной делать. Это меня не радовало. Мне не понравилось то, как его взгляд заинтересованно потемнел, когда он оглядывал мои груди, или то, как его глаза опустились и задержались на влаге между моих ног.

Он ничего не значил. Он не заслужил права смотреть на меня. Я не собиралась угождать ему. Для меня он был никто.

Вместе с нарастающим гневом моя киска сжалась, и я почувствовала, как желание затухает. Я не игрушка этого старика. Я не принадлежу ему.

–Глаза на меня, Лея,–укорил меня Тор, и я оторвала взгляд от пожилого тренера, чтобы посмотреть на моего партнера. Его глаза были темными от похоти, и он смотрел на меня, не пытаясь скрыть того, насколько мое тело ему нравилось.

–Никого больше тут нет. Ты понимаешь? Ты будешь слушать только мой голос. Ты не будешь чувствовать ничего, кроме моих прикосновений. Это мне доставит удовольствие. Ты красивая, и я хочу, чтобы он видел, как ты жаждешь меня. Я хочу, чтобы он наблюдал, как ты кончаешь для меня, и завидовал, что у меня такая красивая пара.

Он шагнул ближе и одной рукой поднял к себе мое лицо, а другую положил мне на задницу и притянул меня к своему сильному телу.

–Я хочу, чтобы у него на тебя встал. Хочу, чтобы он отчаялся, зная, что ты моя, что он никогда не прикоснется к тому, что мое. Подразни его своей красотой, Лея.

О, да. Я могла поступить так, сделать своего партнера богом в глазах старика. При одном условии.

–Ты не позволишь ему прикасаться ко мне? Я не хочу, чтобы кто-то другой меня трогал. Только ты.

Все, что было у меня на сердце, он мог прочитать в моих глазах, и я это знала, но мне было все равно. Мои партнеры могли держать меня, трогать меня, обладать мной. Но больше никто. Я больше никому не доверяла, никого не хотела.

–Верь мне. Я не делюсь.

Успокоенная его словами, я еле заметно кивнула ему и позволила подвести меня к скамье; мои ляжки и бедра прижались к ней. Твердая ладонь Тора на моей спине подтолкнула меня вниз на мягкий стол передо мной, и я подчинилась охотно; моя киска уже намокла, потому что я прокручивала в голове все, что только что наблюдала на соседнем столе. Женщина, которая кричала от оргазма, сейчас была завернута в какое-то мягкое покрывало и свернулась, расслабленная и счастливая, на массивной груди своего партнера, когда он выносил ее из домика, оставляя меня и Тора наедине с тренером.

–Вашей партнерше нужны ремни?–спросил тренер.

Я посмотрела на стену передо мной. Она вся была в крюках, с которых свисали разных размеров и форм пробки. Я сглотнула, обдумывая, какую из них выберет Тор.

Тор подошел к стене и выбрал маленькую пробку, по размеру примерно с его палец, затем еще одну намного больше. Вау, эта была *большой*, с выпуклостями и чем-то вроде переключателя...она вибрирует?

–Лея будет хорошей девочкой и примет эту пробку,–он показал маленькую тренеру,–не сопротивляясь, или я свяжу ее и вставлю в нее вот эту.

Он поднял пробку-монстра.

Предупреждение было реальным, и это был мой выбор.

—Вот ваша баночка со смазкой. У вас достаточно в вашей хижине?

—Да, спасибо,—Тор поставил ее на маленький столик, где я могла ее видеть, и обмакнул маленькую пробку в скользкую субстанцию. Потом он опустил два пальца в баночку и подошел ко мне.

—Дыши, Лея.

Холодное скольжение пальцев Тора по моей дырочке заставило меня пискнуть от неожиданности, но я не двинулась с места.

—Смазки всегда чем больше, тем лучше,—прокомментировал тренер.

Мои щеки запылали, когда тренер продолжил свои комментарии, в то время как Тор разрабатывал мой задний проход, медленно растягивая меня, чтобы позволить своему пальцу скользнуть внутрь. Я тяжело дышала, пока он это делал, и начала двигаться назад, насаживаясь на этот палец: ощущение зполненности, пусть только самым кончиком пальца, заставило меня мгновенно возбудиться. Как только я начала по-настоящему наслаждаться этой наполненностью, легким проникновением, он выскользнул из меня.

Я вскрикнула от разочарования, но оно было недолгим. Твердый кончик маленькой пробки уперся в меня и проскользнул внутрь без особого усилия. Я охнула, когда она осела внутри, и завиляла бедрами, чтобы приспособиться, но это не было болезненно. Неудобно, конечно, но ничуть не хуже, чем то, что мои партнеры использовали предыдущей ночью.

Тор обошел меня вокруг и присел передо мной

так, чтобы его лицо оказалось на одном уровне с моим. Убирая волосы с моего лица, он встретился со мной глазами.

–Хорошая девочка,–он улыбнулся, и я не могла не улыбнуться в ответ.–Но это было слишком легко. Это тренировка, в конце концов.

У меня не было времени задуматься о его словах, потому что он двинулся обратно.

Я предположила, что он собирается вытащить из меня пробку, но вместо этого я почувствовала, что еще одна, гораздо большего размера, прижалась ко входу в мою влажную киску. У меня затряслись ноги, и я прижалась лбом к столу, отчаянно вцепившись в его края, когда он потихоньку стал толкать большую пробку туда-сюда, вводя ее в мою мокрую киску и вытаскивая обратно–медленно, так медленно. Внутрь. Наружу. Из-за маленькой пробки в заднице вторая в моей киске ощущалась нереально большой. Я была заполненной. Такой заполненной.

Тор удовлетворял меня ею, трахая, пока я не покрылась потом, отчаянно желая кончить.

–Она очень мокрая,–прокомментировал тренер.–Вы должны быть очень довольны. Некоторым парам трудно добиться возбуждения во время подобной сессии.

Тор взялся за обе пробки и стал трахать меня ими, чередуя так, что когда одна входила глубоко внутрь, вторая почти выходила наружу. Я знала, что он имитирует то, как это будет происходить, когда два члена моих мужчин заполнят меня, но тренер этого не знал. Голос пожилого мужчины звучал слабо, будто он не мог перевести дыхание.

—Вам следует трахнуть ее киску, пока у нее пробка в заду. Тогда киска обхватит ваш член необычайно туго. Это станет отличной тренировкой для вашей партнерши и будет очень приятным опытом также и для вас.

Тор не ответил ему вслух, но стал трахать меня пробками быстрее, и я застонала от ощущения, игнорируя тренера, талдычащего о методах обучения. Меня он не волновал. Я сосредоточилась на звуке одобрительного бормотания Тора, пока он играл с моим телом, и на мокром скольжении пробок внутри меня, когда он заполнял меня ими.

Я прикусила губу, вся трясясь и будучи уже на грани, когда он вставил их обе глубоко...и остановился.

—Время порки, непослушная девчонка.

Если бы я была уверена, что благодаря этому он меня пощадит, то я стала бы умолять, но я знала, любые слова будут потрачены впустую. Особенно когда он пообещал отшлепать меня в присутствии тренера.

Его ладонь опустилась на мой голый зад, и я сжала ягодицы, когда резкая боль ошеломила меня, заставляя мою киску и попку сжиматься вокруг пробок.

О, Боже. Еще. Я хотела еще.

Ничто больше не сдерживало моих криков, пока он продолжал ударять по моей голой заднице снова и снова; огонь разливался по мне с каждым горячим шлепком, с каждым сладким уколом жгучей боли. Я считала, потому что так нужно было, ведь цифры в моей голове были единственным, что удерживало мой разум в целости, пока огонь и похоть переполняли меня.

Слезы катились по моим щекам и размазывались по столу подо мной, но я даже не пыталась их остановить. Они были единственным облегчением, которое у меня сейчас имелось.

—Пожалуйста!

—Хочешь кончить?

—Да. Пожалуйста. Пожалуйста!—мольба вырвалась из моего горла, а он изменил свою позицию позади меня и почти полностью вытянул обе пробки из меня. Он удерживал их там, кончиками немного внутри, ожидая, пока я сломаюсь.

—Чего ты хочешь, Лея?

Я уже не могла говорить, просто толкалась назад, пытаясь вернуть пробки обратно в себя. Он позволил войти только одной, и я по-настоящему закричала от разочарования, когда он заполнил мой зад, но оставил киску пустой.

—Если вы дадите нам немного личного пространства, я бы хотел трахнуть мою пару сейчас, как вы и предлагали.

—Конечно,—пробормотал мужчина.—При том, как реагирует ваша партнерша, моя помощь явно необязательна.

Тор продолжал работать над моей задницей, пока дверь не закрылась. Тогда он остановился и склонился надо мной, накрывая мой зад и спину своим сильным телом. Я лежала, прижатая к столу, и мое тело было охвачено огнем.

—Ты бы только видела его, Лея. Ты такая красивая, такая горячая, твоя киска такая мокрая для меня.

Его рука прошлась по моей зудящей ягодице, легла на теперь пустую киску, и я заскулила.

–Я так горжусь тобой. Каждый мужчина во вселенной захочет тебя, Лея, захочет вот это,–он вошел двумя пальцами глубоко в мою киску.–Захочет тебя.

Скольжение его пальцев в моем мокром лоне почувствовалось как электрический шок для моего организма. Мое тело задергалось под ним, полностью выходя из под моего контроля. Я могла только вцепиться в край стола и хватать ртом воздух.

Тор встал и отодвинулся назад, оставляя мою киску жаждущей и пустой снова. Я не двигалась, просто ждала, зная, что мне не позволено будет кончить, пока он не даст мне сделать этого. Я чуть не заплакала от облегчения, когда услышала, как штаны Тора упали на твердый пол. Несколько секунд спустя горячий конец его члена уперся в меня.

–Я трахну тебя сейчас. Жестко.

–Да!

Он глубоко вошел, и я закричала.

–Думаю, тебе нравится, когда твоя попка заполнена.

Он двигался во мне.

–Да!–повторила я. Из-за его огромного члена и пробки внутри у меня было так тесно, так набито. *Такой твердый. Такой большой.*

Его смазка покрывала мое нутро с каждым толчком члена, и я пропала, обезумела. Он мог бы вставить в мой задний проход ту гигантскую пробку, и мне бы это понравилось. Мой партнер, эта связь–они поджаривали мой мозг.

–Мне это нужно, Тор. Пожалуйста,–умоляла я.

–Хочешь что-то побольше в твоей попке, пока я трахаю тебя?

–Да!–прокричала я.

Он вышел из меня и пошел к стене, не беспокоясь о том, что его член торчит, скользкий и блестящий от моего возбуждения. Он нашел одну пробку и взял ее. Я сглотнула, затем сжалась вокруг маленькой пробки. Я застонала, глядя на то, как Тор покрывает ее замену огромным количеством смазки.

Он осторожно вытащил маленькую пробку и заменил ее новой–она была ребристой, с выступами. Когда он вставил ее в меня по первую неровность, он также скользнул членом в киску, но только на пару сантиметров. Когда дошел до второй неровности, он ввел член еще чуть-чуть. Он заполнял мою задницу и киску медленно, понемногу за раз. Когда основание пробки наткнулось на мой зад, а толстая головка его члена уперлась в шейку матки, я взорвалась.

Мое тело сжалось на двух толстых стержнях, затягивая их глубже в меня. Наверняка Лев и Дроган могли слышать меня через весь центр.

Тогда Тор стал меня трахать, жестко и быстро, и я кончала снова и снова, такая возбужденная, такая нуждающаяся, что не могла остановиться. Каждый оргазм толкал меня все выше и выше по спирали вожделения, а я царапала стол и умоляла о большем; и мой голос охрип, пока я требовала еще.

–Да, подруга. Ты так сильно сжимаешь меня, Лея, я не могу сдерживаться. Я сейчас кончу.

И он кончил–его горячее семя брызнуло в меня, покрыв мое нутро и вызвав еще один оргазм. Я с трудом восстанавливала дыхание и ничего не могла делать, просто лежала, пресыщенная и ослабевшая. Мой разум был изнуренным и вялым, когда Тор выскользнул из меня; горячий поток его спермы последовал за ним, стекая вниз и покрывая внутреннюю сторону моих бедер.

Тор потер рукой мою задницу, и я не сопротивлялась, когда он вставил маленькую пробку глубоко в мою киску. Я не протестовала, не спорила. Я была его. Полностью.

Тор подобрал давно забытое платье и помог мне подняться на дрожащих ногах, поддерживая меня рукой, пока помогал одеться.

–Ты не собираешься вытаскивать пробку?–спросила я, пока он придерживал для меня дверь. Яркий солнечный свет ослепил глаза после прохлады домика.

Тор покачал головой.

–Ты на обучении, Лея. Плюс, я думаю, что Дрогану и Леву понравится видеть, чем ты занималась.

При мысли о том, как я задираю вверх подол и демонстрирую остальным мужчинам, как и чем я заполнена, я кончила. Я ахнула, и мои глаза закрылись, когда мягкая волна удовольствия накрыла меня. Как только все закончилось, я посмотрела на Тора. Он пялился на меня, широко открыв глаза.

–Сила семени действительно впечатляет. Мы должны поторопиться–у меня опять стоит, и я уверен, что и другим ты также необходима.

8

Дроган

Мне не нужно было видеть Лею голой и прикрепленной к скамье для оплодотворения, чтобы захотеть наполнить ее своим семенем. У меня затвердел член уже при виде того, как скованно она шла, возвращаясь с тренировки с Тором. Я знал, что в ее задницу наверняка вставлена большая пробка. Я не мог ничего поделать ни с улыбкой, появившейся у меня на лице, ни с тем, что мой член стал толще и длиннее. Знание о том, что она была такой нетерпеливой, заинтересованной и послушной, готовой удовлетворить наши потребности, заставило мой член сделаться твердым, как камень. Я захотел вновь отыметь ее.

Черт, лишь понимание того, что нас от нее отделяло лишь небольшое расстояние, сдерживало нас с Левом от того, чтобы поспешить к ней и дать волю сильной тяге силы семени. Но мы должны были прятаться, чтобы любой, кто мог увидеть нас на территории тренировочного центра, поверил, что Лея была лишь очередной викенской женщиной со своим новым партнером. В нашей собственной хижине, когда были опущены затворки на окнах, мы могли делать с ней что хотим.

Всю неделю мы трахали ее везде, кроме скамьи для шлепков. Мы использовали это приспособление только для того, чтобы вставлять в ее задницу все более крупные пробки, или для того, чтобы Лев отшлепал ее... просто так. К концу недели мы трое были уверены, что сможем взять ее одновременно, не навредив ей, даже при дополнительном возбуждении от силы семени. Задача состояла не только в оплодотворении Леи, хотя наполнить ее семенем нам не составляло труда.

Каждый раз, когда один из нас уводил ее из хижины, мы напоминали ей о необходимости быть нашей «непослушной девочкой». Она делала это с удовольствием, так что однажды Тору пришлось отшлепать ее по голой заднице прямо в общей зоне, где любой прохожий мог это видеть. Я сводил Лею к наставнику по куннилингусу. Я был вполне уверен,– как и Лея,–что она способна реагировать на мой рот на ее киске, но нам нужно было поддерживать нашу легенду.

Она наслаждалась тем, как мой язык мучил ее в течение целого часа, но она не притворялась, когда я сказал, что ее свяжут и заставят раскрыть ноги для меня. Все ее реакции отслеживались наставником. Я привязал сначала одно колено, затем второе, раздвигая ноги. Она сопротивлялась, из-за чего мне потребовалось отшлепать ее еще до того, как мы приступили к делу. То, что она кончила от одних только шлепков, только преумножило ее унижение. Но я вознаградил ее, тщательно работая языком и пальцами, и наставник похвалил способность моей партнерши к подчинению.

Знание того, что она наслаждалась нашим доминированием, заставило Лева привязывать ее к кровати или иногда к столу, чтобы утолить ее потребности. Мы давали ей все, чего она хотела, чего желало ее тело. Мы раздвигали ее сексуальные границы и доставляли ей удовольствие каждую ночь, пока она не изнемогала.

–Уже прошла неделя, Лея, и мы откладывали это, сколько могли.

Мы стояли возле кровати, на которой она лежала, совершенно великолепная со своими рыжими волосами и ничем не прикрытыми роскошными формами. Она села, больше не стесняясь своего тела.

–О?

–Тебя должен осмотреть доктор. Всех новых партнерш осматривают по прибытии, чтобы обнаружить физические проблемы, но мы тянули время ради тебя.

–Твоя грудь изменилась,–сказал Тор.

Лея посмотрела на себя. Я тоже видел перемены.

–Ее соски увеличились,–сказал Лев.

Мы одновременно сели на кровать, окружая ее.

Действительно, ее соски стали ярко-розовыми, а обычно маленькие ореолы увеличились. Они не затвердевали, словно небольшие камушки, как обычно, а оставались набухшими и полными.

—Все стало больше,—Лев накрыл одну грудь ладонью и посмотрел на меня. Я проделал то же самое со второй грудью. Действительно, она стала тяжелее. Полнее.

Глаза Леи закрылись, пока мы игрались.

—Теперь у нас есть повод посетить доктора.

Ее глаза открылись.

—Мне не нужно посетить врача, потому что моя грудь увеличилась. Это просто ПМС.

—Она стала больше... и чувствительнее,—прокомментировал Лев, поглаживая большим пальцем сосок и полностью ее игнорируя.

Каждый из нас говорил о переменах, которые мы видели—и чувствовали.

—Наше семя прижилось,—предположил я.

Гордость и горячее возбуждение прокатились по моим венам. Мы определенно трахали ее достаточно. Я чувствовал себя мужественным и мощным, увидев первые признаки того, что она была оплодотворена.

Она покачала головой.

—Слишком рано. Как я и говорила, это точно просто ПМС.

—Я не знаю, что такое ПМС. Если это нечто плохое, ты должна была рассказать нам об этом раньше,—сказал я ей. Неужели все это время она была больна, а мы не знали?

—Это не плохо. Просто это значит, что у меня должны начаться...

Ее лицо и шея покрылись румянцем чудесного розового оттенка. Даже после всего, что мы с ней сделали, после того как мы присвоили ее тело всеми способами, она еще была способна на смущение.

–Твое обычное?–спросил Тор.

Три сосредоточенных и слегка обеспокоенных лица смотрели на нашу партнершу, когда она кивнула.

–Это не то,–сказал я, уверенный, что она теперь носила нашего ребенка.

–Прошло слишком мало времени, чтобы я была беременна. Чтобы это узнать, требуется как минимум две недели,–настаивала она.

–Что касается времени, это может быть верно для Земли,–я провел рукой по ее еще плоскому животу и подумал о том, что скоро он станет круглым.–На Викене требуется четыре месяца от соития до рождения.

Ее глаза расширились.

–Четыре месяца?–она положила свою руку на мою.

–Это значит...

–Это значит, что мы идем к доктору.

———

Лея

–Ты отлично показала себя, Лея, и наставники поверили, что ты сопротивляешься нам. Несмотря на то, как все выглядит, они достаточно... снисходительны, так как они хотят, чтобы каждая викенская невеста была полностью удовлетворена.

Удовлетворена–не то слово, которым я бы описала то, как мои мужчины доставляли мне удовольствие. Переполнена чувствами. Подчинена. Защищена. Оберегаема. Любима...

—Физический осмотр, однако, несколько... отличается,—Дроган посмотрел на меня, ведя в медицинский пункт. Это здание было больше остальных и находилось поодаль, за деревьями.

—Отличается?—охваченная недобрым предчувствием, я замедлила шаг, но рука Дрогана на моем локте не дала мне остановиться.

—Твое тело по-настоящему протестируют и проанализируют. Доктора и наставники должны удостовериться, что какие-либо проблемы между нами вызваны ментальными ограничениями, недостатком доверия, а не физическими заболеваниями. Они могут принять, что новая невеста боится своего партнера или не привыкла к сексу, но они не примут плохо подобранную пару или недиагностированную медицинскую проблему. Помни, меня будут тестировать так же, как и тебя.

—Что ты имеешь в виду?—спросила я, когда мы остановились возле двери.

—Партнер должен указывать путь своей невесте. Если я не приношу тебе удовольствие, если я тебя не ценю, не забочусь о тебе и не могу заслужить твое полное доверие, то тогда вина лежит на мне.

Дроган поднял мой подбородок.

—Медицинский осмотр имеет огромную важность. Мы будем тщательно осмотрены. Тебя будут щупать, в тебя будут тыкать, тебя будут тестировать. Не думаю, что здесь ты будешь симулировать сопротивление.

На этой зловещей ноте он открыл дверь и завел меня внутрь. От ужаса у меня замедлились шаги, когда я последовала за ним. Единственное, что удерживало меня от побега,–знание, что ни один из моих партнеров никогда бы намеренно не причинил мне вред.

В различных зданиях для тренировок, которые мы посетили за неделю, не было других пар. Медпункт же был совершенно иной. Я замерла в дверном проеме большой общей комнаты с раскрытым ртом. В одном углу стояла женщина с поднятым платьем, из-за чего была видна ее голая задница, которая была покрыта красными пятнами, явно после шлепков. На нежной коже также были горизонтальные полосы. Ее отшлепали не только рукой, но и ремнем или тросточкой или... чем-то. Она стояла с поднятыми за голову руками. Из-за такого положения локтей ей приходилось наклоняться вперед, чтобы касаться носом стены. От этого, конечно, ее наказанная задница была выставлена и видна всей комнате.

Неподалеку стояли мужчина, который, вероятно, был ее партнером, и человек в форме. Они говорили о ее непослушании и обсуждали план ее тренировок, который должен был продлиться несколько дней. Я вся вспыхнула из-за того, что они говорили о ней, как будто она была... предметом.

–Хорошо, Альма, хорошо.

Я повернула голову на голос. Еще одна женщина стояла на коленях и сосала член мужчины, который виднелся из его штанов.

–Не двигай головой. Я оттрахаю твое лицо так, как хочу,–рука мужчины опустилась на ее затылок и обездвижила голову женщины. Ее рот был широко раскрыт вокруг его толстого члена.

–Вы сказали, что вас волновал ее рвотный

рефлекс,–напротив пары стоял мужчина в форме и беспристрастно наблюдал за ними.–Покажите мне.

Мужчина стал двигать бедрами, толкая член чуть ли не полностью в рот женщины. Она подняла руки и стала отталкивать бедра партнера с широко раскрытыми глазами. На мгновение он замер, затем отодвинулся, но его член не полностью покинул ее рот. Женщина стала глубоко дышать через нос, расслабляясь.

–Да, вижу. У нее достаточно сильная реакция. Однако это проблема не медицины, а тренировок. Я попрошу наставника предоставить вам член для тренировок, с которым она сможет практиковаться. Она должна будет использовать его, пока вы будете трахать ее, чтобы она могла получать удовольствие и даже кончать с полным ртом.

Мужчина вытащил член изо рта женщины и большим пальцем вытер ее губы. Его глаза были полны восхищения и... гордости. Я видела, что женщина испытывала унижение от того, что о ней говорили так беззастенчиво и цинично, но при этом ей было приятно внимание ее партнера, особенно когда он помог ей подняться и поцеловал ее в лоб.

Застегивая штаны, мужчина сказал:

–Спасибо, доктор.

Пара пошла в нашем направлении, и мы отступили в сторону, чтобы они могли уйти. Доктор подошел к нам и пожал руку Дрогана.

–Уже прошла неделя. Мне показалось, что пора прийти,–сказал Дроган.–Уверен, вы можете пронять причину такой задержки.

Доктор кивнул.

–Разумеется. Я слышал хорошие отзывы от разных наставников о прогрессе вашей партнерши.

–Да, сначала она очень сопротивлялась, когда кто-то наблюдал, особенно когда я ей отлызывал, но, кажется, она уже справилась с этой проблемой.

Я покрылась румянцем, вспомнив, как Тор беспощадно приносил мне удовольствие в тренировочной хижине, когда мои ноги были раздвинуты и привязаны, чтобы я не могла сопротивляться. Румянец также был вызван тем, как он говорил обо мне. Я не была его собственностью, но звучало это именно так.

–Я прямо здесь,–пробормотала я, и посмотрела на Дрогана, сузив глаза.

Доктор промолчал, но поднял одну бровь.

–Я работал над ее поведением, но это... получается с трудом.

Дроган звучал так, как будто он работал со щенком, которого было невозможно выдрессировать.

–Какие методы наказаний вы использовали?

–Шлепки, конечно.

–Некоторые используют заднее отверстие партнерши, чтобы обеспечить подчинение.

Мне захотелось прикончить доктора, но я подумала, что в таком случае зайду слишком далеко в своей *непокорности*.

Крупная рука Дрогана скользнула вниз по моей спине.

–Приятно признать, что моя невеста слишком наслаждается анальным сексом, чтобы его можно было считать наказанием.

Мои щеки загорелись, и я посмотрела на пол.

–А, да, помню, что вы занимались с наставником по анальному сексу.

Дроган сжал мой бок, видимо, пытаясь ободрить.

–У нее очень узкая дырочка. Требуется растянуть ее больше, прежде чем я смогу взять ее там, но она достаточно хорошо реагирует на анальные игры. Не могу дождаться, чтобы увидеть ее реакцию, когда мой член проникнет в эту девственную дырочку.

Я подняла на него глаза, и у меня раскрылся рот. Я тоже этого хотела, но... Боже.

–Начнем осмотр?–доктор перешел к столу, который выглядел в точности как тот, что стоял в кабинете моего гинеколога на Земле. Я замерла, смотря на него.

–Здесь?–прошептала я Дрогану.–В комнате будут *люди*, пока будет проводиться мой *осмотр*.

В углу все еще стояла та женщина, и оба мужчины оставались возле нее. Пришел и ушел другой мужчина. Здесь *совсем* не было приватности.

–Доктор, моя партнерша лучше реагирует на вознаграждение, чем на наказание.

Дроган повернулся ко мне, взялся пальцами за подол моего платья и стал поднимать его все выше и выше, пока ткань платья не повисла на его предплечье. Я чувствовала прохладный воздух на ногах, но для остальных присутствующих я была закрыта. Он пальцем тронул кольцо в клиторе, скользнул рукой дальше, к моей щели. Он раздвинул половые губы и с легкостью проскользнул внутрь меня двумя пальцами.

Я схватилась за его предплечья, шепча его имя, только на этот раз из-за желания, а не из-за смущения.

Наклонившись, он прошептал в мое ухо так, чтобы это могла слышать только я.

–Я чувствую наше семя глубоко внутри тебя. Знаешь, что со мной творится, когда я знаю, что ты помечена?

Его голос хоть и был тихим, но был наполнен желанием. На него это действовало так же, как и на меня, но он должен был оставаться сильным. У меня практически не получалось сформулировать связную мысль, но я знала, что за ним следили так же, как и за мной. Он должен был заставить меня кончить, чтобы доказать свое доминирование, а я должна была поддаться, чтобы доказать, что я была его парой. Учитывая то, как его умелые пальцы нашли точку Джи и начали гладить ее, это будет не трудно.

–Ты кончишь для меня, затем ты позволишь доктору осмотреть тебя. И ничего больше, хорошо?

Мой лоб упал на его твердую грудь, и я вцепилась пальцами в его бицепсы.

–Да!–вскрикнула я. Мой оргазм наступил так быстро, что я не сдержала этого слова.

Я тяжело дышала, пытаясь восстановить дыхание. Дроган убрал пальцы и позволил подолу платья упасть на пол. Подняв подбородок, я увидела, как он слизывает соки моего возбуждения со своих пальцев.

–Нет никакого сомнения, доктор, что наша связь сильна.

–Действительно,–ответил он.–Сила вашего семени весьма эффективна.

–Как и само мое семя,–сказал ему Дроган.–Думаю, что она уже оплодотворена.

Я была слишком пресыщена, чтобы смущаться. Я

была рада, что руки Дрогана поддерживали меня на ногах, а его тело загораживало мое от остальных.

–Стоит ли мне зарегистрировать для вас эту пациентку, доктор?–спросил мужской голос, хотя я не видела, кто это был. Я предположила, что какой-то другой мужчина в форме.

–Нет, спасибо. Я введу ее данные самостоятельно, когда закончу здесь. Если она носит ребенка, как и говорит ее партнер, то потребуются дополнительные формы.

–Как пожелаете,–ответил другой мужчина. Я услышала его удаляющиеся шаги.

–Могу я осмотреть ее теперь?–спросил врач.

–Да, однако я допускаю только наружный осмотр. Я не могу позволить другому мужчине дотронуться до нее, даже доктору.

9

Л*ев*

-Ну?-спросил Тор, когда Дроган и Лея вернулись. Пока их не было, я сходил в душ и сейчас стоял в одних штанах голыми ногами на деревянном полу.

Дроган держал Лею за руку, а она выглядела весьма удовлетворенной и несколько потрясенной. Мой брат кивнул, и странное чувство нереальности охватило меня. Как будто моя жизнь обретала смысл. Неделю назад я находился во Втором секторе, в полном одиночестве. А сейчас у меня два брата, которых я уважаю, партнерша, к которой меня безумно влечет, а теперь у меня будет ребенок.

-Да, она беременна,-подтвердил Дроган.

Тор подошел к Лее и зарылся пальцами в ее волосы. Он сделал это нежно, и ее голова отклонилась назад, чтобы он смог ее поцеловать, но потом он пристально посмотрел ей в глаза.

–Это не значит, что мы будем обращаться тобой менее бесцеремонно.

Я подошел и положил руку на ее пока еще плоский живот.

–Он прав. Хотя я сомневаюсь, что мы сможем теперь использовать скамью для порки.

Дроган засмеялся.

–Уверен, что ты что-нибудь придумаешь,–ответил он сухо.

–Хочу попробовать один вариант прямо сейчас.

Лея хотела отступить назад, но Тор продолжал удерживать ее.

–Ты хочешь меня отшлепать? Но почему?

Я видел как удивление, так и желание в ее глазах. Она не могла скрыть, что ей нравилось ощущать мою власть над ней. Ей нравилась порка, чувство боли, опьяняющее чувство подчинения.

–Потому что могу,–я отступил на шаг.–Член Тора нуждается в твоем внимании, Лея.

Тор высвободил руки из ее волос и подошел к стулу. Он выдвинул его из-за стола, развернул, а затем сел. Расстегнув штаны, он широко развел колени в стороны. Лея облизнула губы, когда он высвободил член из штанов и начал поглаживать его. Я показал ей подбородком на Тора.

–Соси его член, Лея.

Ее глаза загорелись от одной мысли об этом, и она приблизилась к Тору. Когда она опустилась на четвереньки перед ним, он покачал головой.

—Руки сюда,—Тор похлопал по своим крепким бедрам.

Она чуть нахмурилась, но подчинилась, наклонившись вперед и положив руки туда, куда он приказал. Я подошел сзади и задрал ее юбку, закинув ткань ей на спину. Обняв ее за талию, я отодвинул ее назад так, чтобы попка торчала вверх, а голова была как раз напротив напряженного члена Тора. Большим пальцем Тор собрал смазку с головки и поднес ее к губам Леи. Она всосала ее и застонала.

Я отвел руку назад и одарил ее ягодицы смачным шлепком. На заднице моментально вспыхнул розовый след от моей руки. Она вкрикнула, все еще держа палец Тора во рту.

—Соси его член, Лея.

Тор вынул палец из ее рта и обхватил основание своего члена, побуждая Лею к действию. Наклонив голову, она открыла рот и пробежала языком вокруг головки члена, затем щелкнула им по большому кольцу.

Клянусь, в этот момент я буквально ощутил ее горячий язычок на своем собственном члене и не сдержал стона. Дроган опустился на колени и стал поигрывать пальцами на ее влажных половых губах. Она застонала. Дроган отступил, и я еще раз шлепнул Лею по заднице. Удар был не сильный, но звук шлепка наполнил комнату.

—Возьми его член глубже, Лея,—скомандовал я.

В жадном порыве она согнула руки, наклонила голову и глубоко заглотила член Тора. Когда Дроган потянул за пробку в ее попке, один из элементов ее обучения, она застонала вновь.

—Я долго не продержусь, если она будет издавать такие звуки,—сказал Тор, запустив руку в ее огненные волосы.

Когда Дроган вытащил пробку, нашему взору открылась ее хорошо разработанная дырочка. Ее тело попыталось вернуть сфинктер в прежнее состояние, стягивая кольцо, но вместо этого Дроган вставил скользкий палец ей в задницу, проверяя ее готовность.

—Мы сможем взять ее сегодня. Ты хочешь этого, Лея?—спросил Дроган, начиная медленно трахать ее пальцем, глубже и глубже погружая его в задницу.

—Хочешь почувствовать член Лева внутри вместо моего пальца?

Я шлепнул ее снова.

—Дроган задал тебе вопрос.

Она вынула член Тора изо рта ровно настолько, чтобы сказать:

—Да, пожалуйста.

—Я буду шлепать тебя до тех пор, пока ты не иссушишь яйца Тора, проглотив все его семя. Теперь, когда ты носишь нашего ребенка, можно спускать семя куда угодно.

Я начал шлепать ее, не очень сильно: я знал, что это не навредит малышу, но лучше быть осторожным. Я делал это больше для того, чтобы она знала, кто тут хозяин, а не для того, чтобы наказать. Потому что, хоть она и сосала член Тора, а я шлепал ее, и Дроган трахал ее попку своим пальцем, именно она обладала властью. Это она объединила нас троих, она станет матерью будущего правителя Викена, она владела нашими сердцами.

Ее задница отливала всеми оттенками розового, а

она двигала бедрами и извивалась, толкаясь назад, навстречу пальцу Дрогана.

-Ты можешь кончить, Лея. Ты можешь кончить, пока я играю с твоей попкой.

Между нами существовала невероятная связь. Эта женщина, эта красивая, умная, смелая женщина принадлежала нам. Она понимала нас. Позволяла нам осуществлять самые грязные фантазии. И она кончала для нас.

Вскоре Тор не сдержался,–я другого и не ожидал, ведь мы были как похотливые юнцы рядом с ней,–и Лея сильно кончила, когда его толстый член обволок ее горло семенем, наполнил им ее желудок. Она насаживалась на палец Дрогана, и я видел, как соки наслаждения сочатся из ее пустой щелки.

Теперь мы будем брать ее, снова и снова, не ради нового правителя, не ради Викена, а ради нас. *Ради нее.*

―――

Лея

Что я быстро поняла насчет беременности, так это то, что она изматывает меня. Я слышала, что вынашивать ребенка девять месяцев–занятие утомительное, но мне-то предстояло состряпать младенца за четыре месяца, и он высасывал все силы из меня. Когда доктор подтвердил, что я беременна, я думала, что он назовет пол ребенка. Но жители этой странной планеты Викен решили не узнавать пол ребенка, пока он не родится. Мне были незнакомы законы Викена, я не знала, может ли женщина управлять планетой, поэтому я беспокоилась о поле ребенка.

Мои мужчины были, похоже, вне себя от осознания мощи своего семени и полны мужской энергии, так что, когда я отсосала Тору, они перенесли меня на кровать и трахали снова и снова, весь день напролет. Похоже, с наступлением беременности действие силы семени не ослабло. Вообще-то, я была более ненасытна, чем раньше. Как и мои мужчины. Они играли с моей задницей, добиваясь, чтобы я могла принять их всех одновременно. Я чувствовала, что моя задница готова принять член Лева, но меня пугала мысль о двойном проникновении. Они отвлекали меня от этих мыслей, пробуждая меня от коротких моментов сна, и мы вместе наблюдали, как моя грудь набухает и становится тяжелее, соски увеличиваются и темнеют, живот начинает немного округляться. Это было просто безумно–видеть, как что-то происходит в таком непривычном темпе.

Они планировали создать наш брачный союз после ужина, но я провалилась в глубокий сон. Последнее, что я помнила, это как я повернулась на бок, ощущая, какой скользкой стала внутренняя поверхность моих бедер от их перемешавшейся спермы.

Разбудили меня не нежные пальцы и мягкие губы; вместо этого сильные руки схватили меня и толкнули на пол. Я резко проснулась, ударившись бедром о деревянный пол, и большое мужское тело накрыло меня.

–Что? Дроган!–закричала я.

Я чувствовала, что это он, различая по запаху каждого из них, даже в полной темноте.

–Тихо,–он шепнул мне на ухо. Тон его голоса был не мягким, а командным, и я замерла.

Я слышала звуки борьбы, звуки тяжелых мужских шагов на деревянном полу. Не только Тора и Лева, там были и другие.

–Найдите ее и убейте остальных,–произнес голос. Он был мрачным, глубоким, угрожающим.

Я видела отблеск меча Дрогана, который он держал в руке, укрывая меня и ребенка от опасности.

Воздух был наполнен звуками: удары плоти о плоть, стоны, звон меча, вынимаемого из ножен. Дроган толкнул меня дальше под кровать, закрывая собой. Они могли добраться до меня, только одолев Дрогана, или если бы заползли под кровать с дальней стороны.

Со своей новой позиции я видела тени ног; одна пара приблизилась к нам. Сначала послышался хриплый возглас, затем болезненный сипящий звук, и тело упало на пол. Я видела только его темные очертания, поэтому запаниковала, подумав, что это может быть Лев или Тор. Отталкивая Дрогана, я попыталась выбраться из-под кровати и как-то помочь, но сдвинуть его с места было невозможно. Тогда я начала ползти к противоположному краю кровати, чтобы выбраться с другой стороны, но сильная рука на моем бедре удержала меня.

–Найдите ее,–услышала я.

–Зачем брать ее живой? Почему нельзя просто убить их всех?

Я затаила дыхание от такого жесткого, но логичного вопроса, а мое сердце бешено билось в панике. Эти налетчики хотели убить моих партнеров и взять меня в плен? Но почему? И где были Тор и Лев? В безопасности ли они? Или лежат с перерезанным горлом или стрелой в груди? Я закрыла глаза от чувства невыносимой боли, накрывшей меня. Затем меня поглотила волна ярости такой интенсивности, что я никогда не подумала бы, что способна на такие чувства после всего нескольких дней, проведенных с ними.

Но они принадлежали мне. *Мне*. Я не могла допустить и мысли об их смерти.

–Мне нужен ребенок. Найдите ее. Убейте мужчин. Как только она отдаст то, что мне нужно, я и о ней позабочусь. Женщина никогда не будет править Викеном. Никакого объединения *не будет*.

Я не собиралась править Викеном. О чем думал этот сумасшедший? Я уже ничего не понимала, но четко уяснила его слова про убийство. Он хотел убить моих партнеров, забрать моего ребенка, и убить *меня* после того, как я рожу.

Мне следовало бы поддаться панике, но этот предатель должен был сначала одолеть моих партнеров, а я верила в них, в их силу и ум. Они, конечно же, способны перехитрить этих предателей? Должны. Они не могут оставить меня. Не сейчас. Никогда. Мое сердце не выдержит потери хотя бы одного их них.

Звуки борьбы продолжались: удары, хрипы, проклятья. Я напряглась, но крепкая рука Дрогана не давала мне погрузиться в безумие. Мы слушали звуки драки, потом раздался удар двери о стену. Я увидела светлеющее небо через открытую дверь и ноги убегающего мужчины.

Внезапно в метре от меня упало тело. Я отвернула

голову, чтобы не видеть пустые глаза, льющуюся изо рта кровь и копье, торчащее из груди. Я закусила губу и сосредоточилась на твердой руке Дрогана на моем бедре и на холодной стали в его руках, которая могла убить любого, кто приблизится к нам.

Я старалась не дышать, боясь, что моя дрожь может выдать нас во внезапной тишине, наполнившей комнату.

–Прикончи его, Лев! Не дай ему сбежать!

Я услышала грозное рычание Тора и впервые позволила себе расслабиться под твердой хваткой Дрогана. Волна облегчения накрыла меня от мысли, что все три моих партнера живы.

–Он мой,–прорычал Лев. Я услышала свист стрелы, затем крик боли и глухой удар тела о землю, когда бегущий упал.

–Отличный выстрел. Все чисто, Дроган. Лея в порядке?

Сапоги Тора появились у края кровати, и я дрожащими пальцами схватила его за лодыжку, чтобы дотронуться до него и с облегчением осознать, что он цел и невредим.

Дроган заскользил по полу, вытягивая меня за собой из-под кровати, вынудив при этом отпустить ногу Тора. Он встал, затем подхватил меня и поставил на ноги.

–Свет!–закричал Дроган,–Включите чертов свет!

Послышался звук шагов, и в комнате загорелся свет, затмив собой бледное сияние зари. У меня появилась возможность разглядеть моих партнеров. Лев и Тор оба были в крови, но не ранены. Однако их взгляды были наполнены холодной яростью, какой я никогда прежде не видела. Я должна была испугаться этого огня в их глазах, но я знала, что он направлен не на меня. Эта животная ярость защитила меня и укрыла от опасности.

Дроган посмотрел на меня, а Тор подошел и встал рядом, прерывисто дыша. Оба они начали ощупывать меня, но Тор первым потребовал от меня ответа.

–Ты ранена?

Я не обращала на них внимания, но смотрела на Лева, чей силуэт виднелся в дверном проеме. Я хотела, чтобы они все были рядом. Мне нужно было чувствовать их прикосновение, знать, что они живы, они в порядке и они мои. Лев, должно быть, почувствовал это и подошел ко мне, провел рукой по лицу, пока Дроган и Тор изучали меня на предмет повреждений. На мгновение я прижала щеку к его ладони, и наши взгляды встретились. Я не скрывала тяги к нему, веры в него, которые светились в моих глазах. Я не могла ничего скрыть от них, от этих мужчин с их яростной любовью и властными руками.

Лев легонько коснулся моих губ прежде, чем отвернуться. Через мгновение широкими шагами он вышел наружу, на траву.

–Лея, ты ранена?–настойчиво спросил Тор.

Я потрясла головой.

–Нет, я не ранена.

–Ребенок?–спросил Дроган, положив руку мне на живот.

Я положила свою ладонь поверх его и на секунду прислушалась к своему телу.

–В порядке. Но что... что произошло?

Лев окликнул нас снаружи, и Тор взял меня на руки.

–Я могу идти сама,–проборматала я, но положила щеку на его теплую грудь, с радостью принимая его объятия. Адреналин улетучивался из моего тела, волна усталости накрывала меня.

Тор перешагнул через мертвое тело на полу и повернул мое лицо к своей груди, закрыв мне глаза рукой.

–Не смотри, Лея.

Я не стала спорить, просто расслабилась в его руках, слушая ровное биение его сердца прямо у меня под ухом. Ощущение тепла и безопасности поглотило меня. Я никогда не ощущала такого спокойствия. Ни разу в жизни, пока не прибыла на Викен, к этим мужчинам, которые присвоили меня. У меня был не один сильный партнер, который защищает и заботится обо мне. У меня было трое самых сильных мужчин этой планеты. Осознание их силы и власти наполнило меня, и я положила руки на живот, чувствуя себя впервые по-настоящему счастливой. Я носила под сердцем их ребенка, прекрасного, потрясающего ребенка. Они будут оберегать и защищать моего ребенка так же яростно, как защищают меня.

Когда Тор вышел за дверь, Дроган подошел к Леву. В лучах зари я увидела на земле тело, пронзенное стрелой. Это был доктор.

Почему он хотел убить моих партнеров? Почему решил предать свой народ?

———

Дроган

Я был воином. Я не понаслышке знал, что такое смерть, видел гибель и друзей, и врагов. Случалось, что я и сам убивал. Кровь была на моих руках, и я стал из-за этого тверже и жестче, не боясь смертельной опасности. Или я думал, что это так. Когда воины вломились в нашу хижину, сверкая лезвиями ножей в свете двух лун, страх охватил меня. Я не боялся за себя или за братьев, только за Лею. Она была невинна и чиста, и вынашивала нашего ребенка.

Я готов был защитить ее ценой своей жизни. Как и мои братья. Что мы и сделали. Но умереть пришлось другим. Присев на корточки возле первого мужчины, я перевернул его. Кровь сочилась из раны в сердце, куда вонзил свой нож Тор. Тор не стал бы сохранять жизнь врагу, но и не мог позволить ему страдать перед смертью. Его удар был точным, быстрым и действенным. Этот мужчина даже не успел понять, что случилось. Еще двое лежали с теми же признаками, а вот у третьего была сломана шея.

Этот явно умер от рук Лева. Он мастерски стрелял из лука, но, казалось, гордился тем, что мог разорвать человека голыми руками в порыве ярости.

Я пошел по траве за Левом к мужчине, который задыхался на земле. Я распознал звуки боли, страха. Злости. Он перевернулся на спину и посмотрел на нас. Стрела торчала в его боку, прямо под грудной клеткой. Ему недолго осталось жить, но не из-за раны, которую легко можно было подлатать в медицинском центре. а потому что я убью его, как только мы получим ответы на свои вопросы. Доктор осмелился навредить Лее. Поэтому он умрет.

–Почему ты сделал это? На кого ты работаешь?–спросил я.

Он сузил глаза. Пот покрывал его лицо, рука обхватила стрелу в том месте, где вонзилась в тело, пальцы были все в крови.

Он засмеялся с болью в голосе.

–На тех, кто хочет лучшей жизни для Викена.

Лев указал на хижину.

–Эти мужчины–они мертвы. Ты следующий.

–Моя смерть ничего не значит.

–Тогда кого мне убить?–спросил я, присев на корточки перед ним. Небо быстро светлело, и его багряная кровь резко контрастировала с цветом травы, на которой он распластался.

–Меня.

Мы повернули головы в сторону леса, откуда донесся голос.

Это был Гиндар, помощник регента. Он больше не выглядел кротким, тихим и незаметным. Когда он приблизился к нам в разлетающейся белой мантии, какие носили короли прошлого, направляя на нас очень даже современный бластер, все обрело смысл. План регента, атака на Единый Викен, политическое убийство. Гиндар хотел власти.

–Мы помешали тебе, не так ли?–спросил я.

Я старался оставаться спокойным, не сжимать руки в кулаки, хотя больше всего я сейчас хотел подойти к ублюдку и сломать ему шею. Подозреваю, что Лев думал о том же. Я не удивился, увидев оружие в руках Гиндара, но это не вязалось с его образом, сложившимся у меня в голове. Он казался одним из тех, кто прячется за дымовой завесой обмана и иллюзий, заставляя других делать всю грязную работу за него. Поэтому доктор умирал на траве, а Гиндар стоял перед нами целый и невредимый.

–Мне просто надо было подождать, пока старик умрет,–сказал он, пожав плечами.

–Но планы поменялись.

Он коротко кивнул.

–Да, планы поменялись. Было бы проще, если бы вы выбрали невесту с Викена, тогда я смог бы легко натравить один сектор на другой. Но подобранная невеста и ваше взаимное сотрудничество? Это все разрушило.

Я не знал, куда Тор увел Лею, но надеялся, что как можно дальше отсюда. Если Гиндар показался сам, значит, он был не один. Несомненно, за деревьями прятались и другие враги. Выжидали.

–А потом мы скрылись,–мне надо было его заговорить, чтобы дать шанс Тору забрать Лею в безопасное место.

–Верно, но у меня союзники повсюду,–Гиндар взглянул на раненного доктора.–Повсюду.

Значит, наш план по укрытию Леи работал, пока мы не пошли на медосмотр. Наше беспокойство о здоровье Леи навлекло на нее беду. Глупцы. Надо было послать за моим личным доктором из сектора. Я доверял ему свою жизнь. Будь мы более осторожны, мы бы не оказались в такой ситуации.

–Где ваша прелестная подружка? Боюсь, она должна будет пойти со мной.

–Нет,–резко ответил Лев.–Мы отправимся с ней на

Единый Викен, где будем править вместе, пока наша дочь не достигнет положенного для правителя возраста.

Я посмотрел на брата. Он бросил на меня короткий взгляд, продолжая дразнить наших врагов.

–Так это девочка. Не так ли, доктор? Один из ваших перед смертью проговорился, что не позволит женщине править собой. Он не имел в виду Лею. Он имел в виду *единственного истинного правителя*.

Девочка. У нас будет девочка. Если она будет хоть как-то похожа на Лею, то нас троих ожидает много хлопот. Руки сжались в кулаки. Как смеет этот мерзавец подвергать опасности мою партнершу и мою *дочь*?

Гиндар сделал легкий жест рукой и те, кто прятался за деревьями, предстали перед нами. Их было не меньше десятка, хорошо вооруженных и готовых убить нас всех.

Гиндар кивнул одному из них, который стоял на два шага впереди остальных, видимо, их главному.

–Убейте их всех и найдите женщину. Она нужна мне живой.

–Увидимся в аду,–прорычал я, бросаясь на мужчину, который собирался разрушить мою семью.

10

Т*ор*

Мне пришлось силой уволочь Лею от сцены, которая разворачивалась перед нами. Я зажал ей рот рукой и потащил назад, под прикрытие деревьев, а она сопротивлялась изо всех сил. Очевидно, ее недостаточно напугал тот факт, что ей пришлось лежать на полу под защитой Дрогана, пока мы с Левом сражались с теми, кто хотел ее убить. Мое сердце наполнилось гордостью за нашу отважную подругу, хотя я знал, что должен увести ее подальше от начинающейся битвы.

Не время было выяснять, кто и почему напал на нас, пока вокруг лязгали кинжалы и слышались удары кулаков. Все и так стало ясно, когда среди нападавших мы узнали доктора. Мне была отвратительна мысль, что пытался убить нашу партнершу тот, кому многие женщины доверяли свое здоровье. Но я был еще злее от того, что Гиндар хотел украсть нашего ребенка и убить нас всех.

Одной рукой я обхватил Лею за талию, другой– закрыл ей рот и понес ее как можно тише вокруг нашей хижины, углубляясь в лес. Я находился в режиме воина, но это не мешало мне упиваться ее дыханием на моей ладони, стуком ее сердца под моей рукой, ощущением ее легкого тела. Все это доказывало, что она цела и невредима. Я привык сражаться с врагом,–те двое, которых я убил, сейчас лежали на полу нашей хижины,–но сейчас у меня была более важная работа–спасти Лею. Лев и Дроган разберутся с Гиндаром. Они могут сосредоточиться на этом деле, вверив мне жизнь нашей подруги.

Достигнув прохладной тени деревьев, я не опустил ее на землю, только осторожно поднял на руки и зашептал ей на ухо. Я не знал, сколько воинов Гиндар привел с собой, но сомневался, что он послал все силы первой волной. Думаю, мы не убили и половины его наемников.

–Веди себя тихо.

–Но Дроган и Лев!–зашептала она. Ее глаза были широко открыты и наполнены страхом, но не за себя, а за моих братьев.

Теплое чувство возникло у меня в груди, но оно было вызвано не вожделением. Меня тронула нежность и неподдельная тревога, которые я увидел в ее глазах . Если она любила моих братьев, то, уверен, и для меня было место в ее сердце.

–Не спорь со мной. Верь в них, любимая. Они воины, а не напыщенные политики, которые выросли в мантиях.

Я улыбнулся ей, пораженный ее силой духа.

–Веди себя тихо. Они доверили мне твою безопасность, Лея. Не спорь.

Она кивнула и больше не сопротивлялась, пока я устраивал ее поудобнее в своих руках. Она не плакала, когда я понес ее прочь. Я был поражен выражением спокойствия на ее прекрасном лице. В одну минуту она спала между нами, а в другую уже была под ударом, узнав, что регент Викена был убит из личных и политических побуждений... и она была следующей. Лея была *единственной* на Викене, кто мог нарушить планы Гиндара. Если я и мои братья умрем, ребенок, которого носит Лея, станет единственным, кто будет стоять между ним и властью. Конечно, Дроган, Лев и я можем объединиться и править, но разделенные секторы не сплотятся ради нас, как мы желали–как того желал регент–без будущего лидера, который является физическим воплощением всех трех секторов. Без единственного истинного наследника.

Моей дочери. Нашей дочери.

Когда Лея удобно устроилась в моих руках, я мог увереннее ступать по упавшим деревьям, камням и пням, направляясь к берегу. Лев не будет единственным, кто раздает шлепки в этой семье. Когда речь идет о ее безопасности, она подчиняется. Без сомнения, она будет слушаться лучше, когда ее попка станет ярко-розовой от наказания.

Ее страх не был безосновательным, и я тоже беспокоился за братьев. Они были в меньшинстве. Я видел, как Дроган валит Гиндара на землю, когда уносил Лею. Для ее невинных глаз все выглядело так, как будто ее партнеры наверняка погибнут. Я знал своих братьев не намного лучше, чем она, но мне было известно, как их растили, как они умеют сражаться, и за что они сражаются. Они выживут, а Гиндар будет уничтожен.

А я тем временем доставлю Лею на Единый Викен, на нейтральную территорию, в пустой дом, который ждет нас.

———

Лея

У Тора, похоже, тоже были отличные навыки гребца, как и у его брата. Он осторожно посадил меня в маленькую лодку, похожую на ту, в которой я прибыла сюда ранее, и направился обратно на Единый Викен. Как только мы оказались дальше от берега, и Тор убедился, что нас не преследуют, он сказал мне о пункте нашего назначения. Все это время я переживала за Дрогана и Лева. В совершенно ином свете мне предстал Гиндар–я видела его в день моего прибытия на Викен и узнала сегодня. Он больше не был старшим советником. И тихоней больше не был. Он намеревался украсть моего ребенка, убить меня и уничтожить всех нас.

И все же мои партнеры позаботятся о нем. Я очень беспокоилась за них, но в то же время меня наполняло чувство гордости за моих воинов. Они были истинными правителями Викена, а столкнувшись лицом к лицу со смертельной опасностью, они объединились и сражались вместе. За меня. За нашего ребенка.

Тор убеждал меня, что с братьями все хорошо, но все равно в течение нескольких часов я потихоньку психовала, пока наконец не уснула от навалившейся за день усталости. Я не помнила, что произошло после- как мы прибыли на Единый Викен, как Тор отнес меня в родительский дворец и уложил на гигантскую кровать. Я проснулась одна, но, когда села на кровати, увидела Тора, который что-то писал за большим столом. Он отложил бумаги в сторону и подошел ко мне. Я была нагишом, а он в свежей одежде.

–Как ты себя чувствуешь?–спросил он, ощупывая меня. Его прикосновения не имели сексуального подтекста, но мое тело все равно среагировало. Соски вздернулись, а кожа загорелась.

–Сейчас лучше. Я...я переживаю за Дрогана и Лева.

Он заправил мои длинные волосы за ухо и пристально посмотрел на меня.

–Они здесь, целы и невредимы.

Я посмотрела ему за спину, но их не было в комнате. Тор улыбнулся.

–Они принимают душ и завтракают. Они обещали прийти к тебе, как только...

Дверь открылась, оборвав Тора на полуслове. В комнату вошли мои мужчины, чистые, невредимые, с улыбками на лицах.

Я спрыгнула с кровати, не обращая внимания на свою наготу, и побежала к ним. Лев поймал меня и крепко обнял. Пока я вдыхала его такой знакомый запах, Дроган подошел сзади. Я чувствовала его, плотно прижавшегося к моей спине.

–Скучала по нам, подруга?
–Конечно, скучала.

Волна облегчения накрыла меня от мысли, что они целы и невредимы.

–Гиндар?

–Тебе больше незачем о нем беспокоиться,–послышался низкий рык Дрогана рядом с моим ухом.

Я развернулась, и он сжал меня в объятиях.

–Сегодня мы объявим планете, что ты наша партнерша и носишь под сердцем законного наследника трона Викена.

Я отнеслась к этому скептически.

–И все? Вы просто сообщите новость людям, и они покорно примут ее? Разве в секторах не найдется несогласных, как Гиндар?

Дроган опустил руки, и я осталась стоять между ним и Левом. Тор встал рядом так, что они окружили меня, подарив чувство защиты и безопасности.

–Может быть,–сказал Лев.–Это дом наших родителей. Дом, который всегда принадлежал нам и ждал нашего возвращения. Регент Бард был прав. Мы трое должны были встретиться раньше, чтобы объединить планету.

–Наши родители отдали жизни за идею объединения секторов; теперь наша очередь вернуть планету к ее истокам. Мы перестанем обучать наших мужчин драться между собой и отправим их сражаться с Ульем в составе Межзвездной коалиции, чтобы они защищали нас,–сказал Дроган.

–Наши действия сегодня будут громче любых слов. Предательство Гиндара будет показано всей планете вместе с нашим обращением. Никто не посмеет выступить против нас, ведь в каждом секторе у нас есть надежные союзники, люди, которым мы доверяем.

Планета будет процветать вновь, и все благодаря тебе, подруга.

Рука Тора обвилась вокруг моего чуть округлившегося живота. Наш ребенок быстро рос.

–Они увидят тебя, беременную нашим ребенком, и будут знать, что мы несем истину, что это дитя, наша дочь, станет в свое время новой правительницей этой планеты с сильными лидерами секторов за спиной, которые обучат ее всему, что знают сами.

–Вы сейчас хотите сообщить всей планете о нашей дочери?–спросила я.

Все трое покачали головой.

–Не сейчас. Позже.

–Сперва тебя ждет наказание.

Тор поднял меня, сел на стул и уложил меня ничком себе на колени.

Я попыталась слезть с него, но он крепко удерживал меня. Одной ногой он зажал мои ноги, а рукой погладил мне живот.

–Скорее всего, это последняя возможность отшлепать тебя.

–Не надо меня шлепать,–фыркнула я.

–Я сказал тебе вести себя тихо, а ты начала говорить, когда мы убегали из хижины. Твоя безопасность важнее всего, а ты подвергла себя опасности.

–Я беспокоилась о своих мужчинах!

Дроган и Лев присели на корточки на уровне моего лица. Лев заправил непослушную прядь мне за ухо.

–Мне приятны твои слова, Лея, но Тор прав. Мы доверили ему твою жизнь, а ты своим непослушанием никак не облегчила это дело.

—Ты получишь десять ударов,—сказала Тор, поглаживая мои ягодицы.

—Потом мы заключим брачный союз,—добавил Дроган.—Мы не можем сообщить всему Викену, что мы одна семья, пока союз не станет официальным.

—И я хочу лишить девственности твою попку,—пока он говорил это, Тор провел пальцем по моей киске и покружил им по моему заднему проходу. Со следами моего возбуждения на своем пальце он вставил кончик в меня, и я сжалась вокруг него.

—Тебе нравится эта идея, не так ли?—спросил он за секунду до того, как другой рукой шлепнул меня по ягодице.

Я вздрогнула от неожиданности, но удар был не такой жесткий.

—Считай, Лея,—сказал он.

—Раз,—отозвалась я, уставившись на Дрогана и Лева.

—Я только хотела знать, что с вами все в порядке,—сказала я им.

Шлеп.

Я сделала глубокий вдох. Этот удар был сильнее.

—Два,—произнесла я сквозь сжатые зубы.

Взгляд Дрогана загорелся, но не желанием, а, похоже, любовью.

—Мы знаем, но это наша работа—защищать тебя. А *твоя* работа—защищать нашего ребенка.

Шлеп.

Ребенок. Боже, если бы меня поймали или ранили, то они бы нанесли вред и ребенку. А я думала только о мужчинах. Я не думала о нашем творении, о ребенке, растущем внутри меня. Нашей девочке.

—Простите.

—Мы не можем позаботиться о ней так, как ты,—добавил Лев. Он держал руку на моем лице, прижимая ладонь к подбородку. Большим пальцем он стер слезу с моей щеки.

Шлеп.

—Четыре,—я плакала.

—Простите,—прошептала я.—Я не думала. Ребенок... это так ново для меня. Я не знала, что у меня будет трое мужчин, за которых мне будет страшно. Не знала, что буду носить ребенка.

Шлеп.

—Это будет тебе напоминанием о твоей новой жизни,—сказал Тор.—Сколько?

—Пять,—прошептала я.

Шлеп.

—Это напоминание о том, что у тебя есть трое мужчин, которые готовы отшлепать тебя, когда тебе нужно. Оттрахать тебя, когда тебе нужно. Любить тебя.

—Навсегда,—добавил Дроган.

Мысль о том, что они трое любили меня, заставила меня непроизвольно разрыдаться. Слезы текли вниз по моим щекам на пальцы Лева.

—Я тоже люблю вас,—сказала я, всхлипывая.

Тор шлепал меня снова и снова по разным частям моего тела, но я больше не считала, я просто размякла, лежа на его коленях, и плакала. Закончив, он погладил мою зудящую, горячую кожу, а Лев вытер слезы с моих щек.

—Хватит,—сказала Дроган.—Тебе будет трудно позволить нам заботиться о тебе, но *придется*.

Он был категоричен в своих словах.

–Даже учитывая тот факт, что Гиндар мертв, это не значит, что не будет других угроз, других опасностей. Ты будешь вынашивать нашу дочь, а мы позаботимся о вас.

Он и Лев смотрели на меня так серьезно, что я не удержалась и улыбнулась сквозь слезы. Они могли защищать меня *и* править миром. Они могли что угодно... кроме деторождения. И это было мое предназначение в этой семье. Наша дочь.

Какое-то мощное и дикое чувство зажглось в моем сердце, и я поняла, что до этого момента моя дочь не была для меня реальностью. Теперь она стала реальной, и моя любовь к ней смешалась с яростным стремлением защитить ее, стремлением, которого я никогда не испытывала доселе, даже по отношению к моим мужчинам. Это чувство было другое. Этот ребенок был мой, а я была его. Я умру за нее, убью ради нее, сделаю все, что угодно, чтобы она выросла здоровой и счастливой.

–Хорошо. Согласна. Я больше не буду с вами спорить. Наша дочь нуждается в защите.

–Хорошая девочка, Лея.

Рука Тора прошлась по моей киске.

–Она вся мокренькая.

С рычанием он поднял меня и отнес на кровать. Я не заметила, последовали ли остальные за нами, потому что Тор поцеловал меня сладко, жадно, страстно. Его язык скользнул в мой рот и сплелся с моим. Ощущая тяжесть его тела, хоть он и удерживал большую часть своего веса, опираясь на локти, я чувствовала себя как в защитном коконе. Я была в безопасности. Я была желанна. Я была любима.

Тор разорвал поцелуй и сел рядом. Остальные снимали свою одежду, позволяя ей упасть на пол.

–Мы останемся здесь, Лея, в этом доме, с тобой, до конца наших дней,–сказал Тор, поглаживая мое тело, изучая его, как будто в первый раз.

–Здесь?–задала я вопрос.

Дроган кивнул, снимая рубашку через голову и позволяя мне разглядеть его плоский живот, стальные кубики пресса и узкую талию.

–Здесь мы будем править. С тобой. С нашей дочерью.

–Братья, давайте для начала сделаем ее своей.

Лев разделся первый, и Тор отодвинулся, чтобы снять одежду, освобождая место Леву рядом со мной.

–Давай-ка подготовим тебя для нас.

Наклонившись, он взял в рот мой сосок, посасывая его.

–Скоро мы сможем сосать молоко отсюда. Мы вкусим твои жизненные соки. Мы дали тебе свое семя, а ты подаришь нам это.

Я понятия не имела, почему меня возбудила мысль о том, что они будут сосать мои разбухшие от молока груди. Наверное, потому что сейчас я видела там голову Лева, чувствовала, как его влажный язык лижет меня, как его рот потягивает мой сосок.

Наконец Лев прекратил терзать мой сосок и переключился на мягкую кожу моей груди, Тор расположился напротив него, а Дроган уселся между моими бедрами. Их руки были на мне, поглаживая, лаская, изучая.

Я потянулась руками к ним, зарываясь в шелковистые волосы Лева и Тора, проводя ладонями по их сильным рукам, их гладким бокам.

-Вот где твое место, Лея. Между нами,-сказал Дроган, бросив на меня взгляд со своего места между моими бедрами. Его теплое дыхание обдувало мою распухшую, влажную плоть. Он усмехнулся, когда я выгнула бедра.

-Не терпится, да?

Только сейчас он опустил голову и приник губами к моей киске. Он пробовал меня, слизывая каждую каплю моих соков с распухших складок, мягко и нежно описывая языком круги около моего клитора. Когда он вставил в меня два пальца, продолжая обрабатывать клитор, я кончила. До встречи с моими партнерами я могла кончать, только если сама доводила себя до оргазма. Теперь же я не могла *не* кончать. Я была такой чувствительной, такой гиперчуткой к их действиям, что могла получать множественные оргазмы. Сейчас, ловя ртом воздух, я определенно не собиралась жаловаться.

-Братья, она готова,-прорычал Дроган.

Они двигались быстро, передвигая и переворачивая меня, как будто я совсем ничего не весила. Лев лег на спину, опираясь на подушку. Двое других подняли меня над ним, раздвинув ноги в стороны. Крепко сжав свой член, Лев опустил меня на него, сантиметр за сантиметром. Несколько раз он приподнимал и опускал меня, пока я полностью не оседлала его.

Я застонала от чувства наполненности.

-Мне *так* хорошо,-пробормотала я.

Мои глаза закрылись, и я положила ладони ему на грудь, наслаждаясь ощущением его кожи.

–Тогда сейчас будет еще лучше,–сказал Тор, становясь позади меня. Он поцеловал мою шею, потом прикусил изгиб плеча.

–Ляг на грудь Лева. Вот так. Хорошая девочка.

Они что-то ворковали мне, помогая устроиться на Леве; мои колени были согнуты, а грудь прижата к упругим, мягким волосам на его торсе.

Я почувствовала прохладу смазки, которая стекала к моему заднему проходу. Пальцы Тора легонько покружили вокруг моей натренированной дырочки и медленно проникли внутрь. Я с благодарностью подумала об анальных пробках, которыми пользовалась всю неделю, хотя сначала и не испытывала от них особого удовольствия. Я понятия не имела, насколько я чувствительна там, сколько нервных окончаний пробудились во мне. Каждый раз, когда палец Тора или одна из пробок–скользили по этой нежной плоти, мое возбуждение, мое желание усиливалось. Я уже могла кончать от анальных игр, но я не была уверена, что смогу выдержать член внутри. Это будет слишком–его член слишком большой, само действо слишком... интимно.

Я была близка со своими мужчинами, как ни с кем прежде. Все их внимание ко мне делало нашу связь более крепкой. Это... это было похоже на сумасшествие. Этот брачный союз–меня почти пугала нарастающая интенсивность всего происходящего.

–Поторопись, Тор. Ее киска не позволит мне долго сдерживаться, уж слишком хорошо.

Голос Лева был напряженным, как будто он уже

еле терпел. Подняв голову, я увидела выпирающие вены на его шее, его челюсть была крепко сжата. Капельки пота стекали по его лбу от усилий, которые он прилагал, чтобы сдержаться и не кончить. Его член не двигался глубоко во мне.

–Я умираю, как хочу сунуть член в ее ротик,– прорычал Дроган, поглаживая свой член. Я заметила каплю смазки, которая выступила на головке и заскользила по его пальцам.

Тор вытащил пальцы из моей задницы, и я почувствовала пустоту, но лишь на мгновение, а затем его скользкий член уперся в мою дырочку.

–Дыши, Лея,–сказал Тор мне на ухо.

Одной рукой он уперся о кровать за плечом Лева; вены надулись на его предплечьях. Другую руку он положил на мои горящие ягодицы и развел их в стороны, открывая меня для себя еще больше.

Сделав глубокий вдох, я выдохнула, позволив Тору двигаться дальше. Даже после стольких анальных пробок и его пальцев, только что обмазавших мою дырочку смазкой, мое тело сопротивлялось новому вторжению. Я сама сопротивлялась, потому что широкая головка его члена была больше, чем любая анальная пробка. Тор поднял руку и одарил меня сильным шлепком.

–Впусти меня,–сказал он.

Я охнула и сжала ягодицы, из-за чего моя киска сдавила член Лева глубоко внутри.

–Черт, она просто душит меня,–прорычал Лев.

–Тогда она должна впустить меня, или ты кончишь, и нам придется начинать сначала.

–И тогда она будет наказана,–пообещал Лев.

Трудно было возмущаться, чувствуя член Лева внутри.

–Вы накажете меня за это?

–Не отказывай своим партнерам ни в чем, Лея, даже в доступе к твоей девственной заднице,–сказал Лев.–Толкнись назад и позволь ему оттрахать твою задницу и наполнить ее своим семенем. *Сейчас же.*

Суровое выражение его лица, мрачный тон его голоса заставляли меня дрожать от восторга, но в то же время я боялась наказания, которое он мог мне назначить. Я *хотела* позволить Тору сунуть член в мою задницу, но это было тяжело.

Я взглянула на Дрогана, который подбодрил меня кивком, затем положила голову на плечо Льва, чуть приподняла бедра и толкнулась назад. Пока Тор понемногу продвигался вперед, я продолжала подставлять ему свою задницу, предлагая последние остатки себя, последнее, чем еще не поделилась с моими партнерами.

Я вдыхала и выдыхала, чувствуя, как его член давит, и растягивает, и открывает меня, пока, наконец, он не оказался внутри. Лишь головкой члена, но он был внутри. Я застонала, чувствуя теперь не только член Лева, но и член Тора. Он был внутри меня. Раскрывая меня. Растягивая меня. Делая меня целой.

–Я вошел,–прорычал Тор.

–Теперь моя очередь,–Дроган приблизился ближе ко мне.–Приподнимись, Лея.

Я подняла голову, опершись на руки так, что его член был прямо напротив моего рта. Большое кольцо блестело, из узкой дырочки сочилось все больше смазки. Его член был цвета темной сливы, вены вздулись и пульсировали по всей длине. Его мускусный запах притягивал меня, и я облизнула губы, желая почувствовать его на вкус.

Боже, он собирался кончить мне в рот. Последний раз, когда это случилось, я и сама кончила–сильно и крича от наслаждения. То же самое случалось каждый раз, когда они трахали мою киску. Я не могла *не* кончать, потому что их семя, Боже, их семя было просто... восхитительно. Я страстно желала его. Мое тело нуждалось в нем. Что со мной будет, когда они кончат в меня все трое одновременно?

Мое тело обмякло от этой мысли.

–Она такая мокрая. Пора начинать двигаться,– скомандовал Лев.

Дроган придвинулся ближе, и я приоткрыла рот навстречу его члену. Я не стала лизать головку, не стала играть с кольцом. Я широко открыла рот, и он вошел на всю длину, пока не ткнулся в заднюю стенку горла. За последнюю неделю я научилась подавлять рвотный рефлекс и дышать через нос. Я чувствовала его смазку на языке, от чего возбуждалась еще больше, жаждала их еще сильнее.

Дроган начал медленно трахать мой рот, в то время как Тор продолжил проталкивать член в мою задницу. Одновременно с этим Лев, лежа подо мной, вынул член из моей киски, а затем они стали двигаться по очереди–один член проскальзывал в мою задницу, в то время как киска пустела, а потом наоборот.

Я почувствовала бедра Тора своими ягодицами, когда он глубоко вошел в меня до предела. Их рычание смешалось с моими стонами удовольствия. Я не могла держать глаза открытыми. Мне ничего не оставалось, кроме как принять то, что они делали со мной. Я была сосудом, их женщиной, которая принимала их всеми своими отверстиями. Одновременно. Я была единственной, кто мог соединить их таким образом, сделать нас единым целым, объединить нас.

Ребенок в моем животе был кульминацией этой связи, физическим доказательством того, что мои мужчины желали меня и только меня, что наш союз был идеален.

Я пыталась кричать с членом Дрогана во рту, но мой крик звучал приглушенно. Они использовали меня, все трое. Они не давали мне передышки, хотя я и не хотела этого. Я чувствовала их смазку, покрывающую меня внутри. Мою задницу, мою киску, мой рот. Я полностью потерялась, а меня толкали и дергали с всех сторон.

—Я готов,—прорычал один из них.

—Сейчас,—сказал другой. Я не могла распознать, кто есть кто. Мне было все равно. Это было не важно. Они были одним целым. *Мы* были одним целым.

—Да,—сказал третий.

С этими словами они задвигались быстрее и жестче, раз, два, затем они одновременно толкнулись мне внутрь. Один член в моей киске. Другой во рту. Третий в заднице. Все три члена пульсировали в оргазме, густое горячее семя наполняло меня, покрывая каждый сантиметр моих дырочек, обжигая и помечая меня, пока я не кончила вслед за ними. Я не могла кричать, я не могла двигаться. Я даже не могла думать. Я чувствовала связь между нами, чувствовала их наслаждение, смешавшееся с моим. Я глотала сперму Дрогана, глоток за глотком. Я чувствовала, как сперма Лева сочилась из моей киски и вокруг его члена. Глубоко внутри своей задницы я чувствовала, как дергается член Тора. Моя задница принадлежала им, и я теперь буду умолять их трахать меня туда. Это было настолько сильно, настолько реально, что я чуть не отключилась и пришла в себя только когда Дроган вынул член из моего рта, большим пальцем стирая сперму с уголка моих губ.

Он подставил палец мне, и я облизала его начисто.

Потом Тор осторожно вынул член из меня, затем Лев. Я была пустой теперь, плюхнувшись на Лева, но наша связь сохранилась. Тор уселся с одной стороны, Дроган-с другой.

-Теперь мы должны сделать заявление?-спросила я заплетающимся от усталости языком.

-Скоро, но я хочу насладиться нашей связью. Я чувствую наш брачный союз, а ты разве нет?-спросил Дроган.

Да. Я *чувствовала* их. Я кивнула, лежа на груди Лева. Рукой он гладил меня по потной спине.

-Что бы ни несло нам будущее, мы встретим его вместе. Что бы ни понадобилось нашей дочери, мы будем готовы дать ей это. Викен будем единым, объединенным, как мы,-добавил Тор.

Я усмехнулась.

-Ну, *не совсем как мы*.

Я покраснела, смущенная своей бесстыдной страстью к этим мужчинам, даже после того, что мы только что вытворяли.

-Ты собрала нас вместе, Лея. Ты та, кому суждено спасти Викен,-сказал мне Дроган.

Остальные пробормотали слова согласия.

—Приятно знать, что я могу помочь,—я прикусила губу.

—Но?—спросил Тор, зная, что я хочу еще что-то сказать.

—Но, не могли бы мы объединиться, как только что сделали,...еще раз?

Тор поднял меня с груди Лева и уложил на себя. Он улыбнулся мне.

—Тебе нравится, когда мы берем тебя все вместе?

Я застенчиво кивнула.

Он потянулся и погладил мою киску и задницу, скользкие от семени.

—Тебе не больно?

—Как ребенок?—добавил Дроган.

—Мне не больно, и ребенок в порядке. Еще, ребята, еще,—умоляла я.

—С удовольствием,—ответил Тор.

—Да,—подхватил Дроган.—С удовольствием.

И они снова показали мне, насколько едиными мы можем быть.

Конец

Не пропустите следующие приключения из серии «Межзвездные невесты»: Захваченная партнерами

Воин Приллона ценит больше своих навыков в бою только свою невесту. После того, как принц Найал был захвачен инопланетным врагом и изменен роботами-киборгами, он сбегает, чтобы найти свою партнершу, но ее скрывают от него.

Оказавшись на свободе, он отправляется на Землю, чтобы забрать то, что принадлежит ему. Никто не встанет между воином и его невестой, и никто не удержит принца Найала вдали от Джессики Смит, женщины, которая предначертана ему. Женщины, которая принадлежит ему.

ССЫЛКИ НА ГРЕЙС ГУДВИН
CONTACT GRACE GOODWIN

Вы можете следить за деятельностью Грейс Гудвин на ее веб-сайте, страницах на Facebook и в Twitter, через ее профиль на Goodreads с помощью следующих ссылок:

Сайт:
https://gracegoodwin.com

Facebook:
https://www.facebook.com/profile.php?id=100011365683986

Twitter:
https://twitter.com/luvgracegoodwin

Goodreads:
https://www.goodreads.com/author/show/15037285.Grace_Goodwin

КНИГИ ГРЕЙС ГУДВИН
BOOKS BY GRACE GOODWIN

Приручённая воинами

Назначенная партнёршей

Обручённая с воинами

ALSO BY GRACE GOODWIN

Interstellar Brides® Program: The Beasts

Bachelor Beast

Interstellar Brides® Program

Assigned a Mate

Mated to the Warriors

Claimed by Her Mates

Taken by Her Mates

Mated to the Beast

Mastered by Her Mates

Tamed by the Beast

Mated to the Vikens

Her Mate's Secret Baby

Mating Fever

Her Viken Mates

Fighting For Their Mate

Her Rogue Mates

Claimed By The Vikens

The Commanders' Mate

Matched and Mated

Hunted

Viken Command

The Rebel and the Rogue

Interstellar Brides® Program: The Colony

Surrender to the Cyborgs

Mated to the Cyborgs

Cyborg Seduction

Her Cyborg Beast

Cyborg Fever

Rogue Cyborg

Cyborg's Secret Baby

Her Cyborg Warriors

The Colony Boxed Set 1

Interstellar Brides® Program: The Virgins

The Alien's Mate

His Virgin Mate

Claiming His Virgin

His Virgin Bride

His Virgin Princess

The Virgins - Complete Boxed Set

Interstellar Brides® Program: Ascension Saga

Ascension Saga, book 1

Ascension Saga, book 2

Ascension Saga, book 3

Trinity: Ascension Saga - Volume 1

Ascension Saga, book 4

Ascension Saga, book 5

Ascension Saga, book 6

Faith: Ascension Saga - Volume 2

Ascension Saga, book 7

Ascension Saga, book 8

Ascension Saga, book 9

Destiny: Ascension Saga - Volume 3

Other Books

Their Conquered Bride

Wild Wolf Claiming: A Howl's Romance

О ГРЕЙС ГУДВИН:

Зарегистрироваться в списке моих VIP-читателей: https://goo.gl/6Btjpy

Хотите присоединиться к моей совсем не секретной команде любителей научной фантастики? Узнавать новости, читать новые отрывки и любоваться новыми обложками раньше остальных? Вступайте в закрытую группу Facebook, которая делится фотографиями и самой свежей информацией (англоязычная группа). Присоединяйтесь здесь: http://bit.ly/SciFiSquad

Каждую книгу Грейс можно читать как отдельный роман. В ее хэппи-эндах нет места изменам, потому что она пишет про альфа-самцов, а не альфа-кобелей. (Об этом вы и так можете догадаться.) Но будьте осторожны... ее герои горячи, а любовные сцены еще горячее. Мы вас предупредили...

О Грейс:

Грейс Гудвин – популярная во всем мире писательница в жанре любовно-фантастического романа. Грейс считает, что со всеми женщинами следует обращаться как с принцессами, в спальне и за ее пределами, и пишет любовные истории, где мужчины знают, как побаловать и защитить своих женщин.

Грейс ненавидит снег, любит горы, а ее сокровенное желание – научиться загружать истории прямо из своей головы вместо того, чтобы печатать их. Грейс живет в западной части США, она профессиональная писательница, заядлая читательница и признанная кофеманка.

www.ingramcontent.com/pod-product-compliance
Lightning Source LLC
LaVergne TN
LVHW011820060526
838200LV00053B/3845